# INHALT

# Hier braucht man keine fremde Religion

Am Bug des Schiffes stand Adoniram Judson. Unverwandt schaute er zur Küste, wo aus grauen Nebelschleiern die Umrisse einer Stadt auftauchten. Da, aus lichten Wolken funkelte eine goldene Nadel, ziehende Nebel hüllten sie ein, gaben sie wieder frei; nun stand sie senkrecht unter dem Abendhimmel, und der Sonne letzte Strahlen hüllten sie in feurigen Glanz. Wie gebannt hing Adonirams Blick an der flimmernden Turmspitze. Sie krönte Buddhas herrlichen Tempel: die Shwe-Dagon-Pagode. Noch zeigten sich die Umrisse des Tempels kaum; aber man konnte seine Pracht und Schönheit erahnen.

Adonirams Augen sahen siegesgewiß zur Shwe-Dagon-Pagode hinüber. Jetzt noch war Buddha Gautama unumstrittener Herrscher über Burma – sein Alles, sein Gott. Wie lange noch? War er, Adoniram, nicht gekommen, seine Macht zu brechen?

Der junge Missionar löste seinen Blick von Buddhas Heiligtum. In weite Ferne schaute er. Vor seinem inneren Auge ragte das Kreuz auf, das Kreuz Jesu, der auch Burma erlöst hatte. Er wollte den Burmesen die Botschaft vom Gekreuzigten bringen. Die Botschaft war lebendig und stark genug, um Buddha und seine Lehre zu besiegen.

Adoniram wandte sich plötzlich um. Vorsichtig ging er auf ein hängendes graues Segeltuch zu. Er schob es sachte zur Seite. Auf einem Ruhebett lag Anne. Sie schlief. Adoniram schaute auf sie nieder, und sein Blick wurde weich. Wie glücklich war er, daß seine junge Frau mit ihm reiste. Getrost zog sie mit ihm in Fremde und Einsamkeit; miteinander wußten sie sich nach Burma geführt, um Christus zu bezeugen.

Die Schlafende rührte sich nicht. Da ließ Adoniram den Vorhang fallen und ging zur Kapitänskajüte, um sich an Land setzen zu lassen. Er mußte noch diesen Abend nach Rangun, um die neue Wirkungsstätte zu sehen.

Wie im Traum schritt der Missionar durch die seltsame Stadt. Oder war das Wirklichkeit? Auf roh gepflasterten Straßen ging er langsam in ein unbekanntes Land hinein. Strohgedeckte Pfahlhütten säumten die Wege. Schweine und Hühner wühlten darunter im Morast, und schmutziges Wasser, das die Rinnen nicht fassen konnten, floß langsam und träge über die Pflastersteine hin.

Mit Interesse nahm Adoniram alles Neue in sich auf. Sein Blick suchte die Menschen. Halb bekleidete Frauen und Männer gingen an ihm vorüber, blieben vor ihm stehen, sahen ihm ins Gesicht und liefen weiter. Dabei redeten sie in seltsamen Lauten, die den Amerikaner sehr fremd und merkwürdig anmuteten.

Obgleich ihn das Fremdartige lockte und fesselte, verfolgte er zielsicher seinen Weg. Zum spanischen Gesandten mußte er zuerst und sich nach einer Wohnung erkundigen. Und überhaupt nach allem Möglichen fragen, was ein Europäer ihm am ehesten sagen konnte.

Nach kurzer Zeit war das Haus des Spaniers Lanciego erreicht, und bald stand Adoniram in einem einfachen Empfangszimmer dem Gesuchten gegenüber. Knapp, aber nicht unfreundlich fragte der Spanier: »Was kann ich für Sie tun?«

Adoniram stellte sich vor; dann sagte er: »Es geht um meine Unterkunft. Ich bin amerikanischer Missionar und soll mit Felix Carey hier zusammen arbeiten. Ich weiß nur so viel, daß er in einem Haus der Baptistenmission wohnt, und ich wäre Ihnen außerordentlich dankbar, wenn Sie mir den Weg zu diesem Haus beschreiben könnten.«

Lanciego musterte erst den jungen Missionar von Kopf bis Fuß; dann gab er ihm sehr gemessen mit erhobener Stimme zur Antwort: »Im Grunde brauche ich ja nichts von einer Mission zu wissen, Herr Judson, denn ich stehe im Dienst des burmesischen Königs. Mein König ist

Buddhist. Was geht darum einen Beamten des Königs der Missionar und seine Sache an?« Freundlicher fuhr er dann fort: »Nun, wenn ich auch nichts mit der Mission zu schaffen haben will, so weiß ich doch zufällig, daß Herr Carey nicht mehr hier ist. Er steht schon längere Zeit im Dienst des Königs in Amarapura. Nur seine Frau wohnt noch hier. Die ist aber eine Eingeborene und spricht nur die Landessprache.«

Adoniram schwirrte der Kopf. Ein englischer Missionar im Dienst des buddhistischen Königs? Und seine Frau ein Kind des Landes? Aber solche Absonderlichkeiten sollten ihn nicht von seinem Vorhaben abbringen. Er bat um eine Beschreibung des Wegs und sagte: »Fürs erste können wir vielleicht dort wohnen, dann werden wir ein anderes Haus bauen. Wir haben einen Auftrag hier – wir wollen Christus den Burmesen bringen.«

»Wer – wir? Sie sind doch hoffentlich allein!« ereiferte sich der Spanier.

Adoniram sagte ruhig: »Meine Frau ist mit mir gekommen.«

Jetzt fuhr Lanciego von seinem Stuhl empor und rief empört: »Eine Frau bringen Sie mit? Habe ich recht gehört – eine Frau? Ja, sagen Sie, wie stellen Sie sich denn das vor?« Und hart fügte er hinzu: »Das Klima hier erträgt keine weiße Frau; es ist der reinste Mord!«

Hochaufgerichtet stand der junge Missionar, voll äußerster Entschlossenheit. Lanciego konnte den Blick nicht von ihm wenden. Er murmelte etwas vor sich hin. »So jung, so unerfahren«, mochte es wohl heißen. Dann – sich einen Ruck gebend – fragte er: »Herr Judson, wie alt sind Sie denn?«

»Fünfundzwanzig Jahre, meine Frau einundzwanzig.«

Der Spanier stieß einen Laut aus, den man nicht übersetzen konnte; dann setzte er sich wieder Adoniram gegenüber. Seine harte Stimme bekam einen anderen Klang, etwas Väterliches, Beschützendes lag darin, als er nun sagte: »Mein lieber junger Mann! Lassen Sie sich von einem alten Mann beraten, von einem Mann, der Burma seit Jahrzehnten kennt.« Er sah Adoniram beschwörend an, dann hob er die Hände: »Herr Judson, ich bitte Sie, kehren Sie zurück nach Amerika, womöglich heute noch! Und liefern Sie nicht Ihre junge Frau dem mörderischen Klima hier aus. Einen anderen Rat habe ich nicht für Sie. Seien Sie klug! Hören Sie auf mich!«

Hinter Adonirams hoher Stirn arbeiteten die Gedanken. Für Sekunden huschten Schatten über sein Gesicht, aber dann blickten seine Augen hell und klar sein Gegenüber an. In seiner Stimme lag solche Festigkeit, daß Lanciego verwundert den Kopf hob. »Nun sind wir einmal hier«, sagte Adoniram nachdrücklich. »Und Gott hat uns hierher geschickt. Er will, daß wir dem Burmesenvolk die frohe Botschaft von Jesus bringen. Darum kann ich keiner Warnung folgen.«

Noch beschwörender als zuvor klang Lanciegos Stimme, als er entgegnete: »Glauben Sie mir doch! Etwas anderes als Leid haben Sie hier nicht zu erwarten. Die Burmesen werden sich an Ihnen rächen, wenn Sie ihnen eine andere Religion bringen wollen. Glauben Sie denn, Sie junger Schwärmer und Idealist, nur *Ihre* Botschaft wäre die richtige? Eins kann ich Ihnen sagen: Dies Volk hier hat seine eigene, feine, starke und tapfere Frömmigkeit. Wehe dem, der sie ihm nimmt!«

Grübelnd schaute Lanciego in das stille, unbewegte Gesicht vor ihm; dann sagte er bittend: »Gehen Sie zurück, solange Sie noch einen Glauben haben. Hier – hier erlöscht ein Feuer und ein kühner Glaube bald.«

Sehr still war es in dem hohen Raum. Adoniram sah plötzlich die Kirche seines Vaters im Heimatland vor sich; dort hätte er Gelegenheit genug, die frohe Botschaft zu verkünden. Heimweh zog durch seine Seele. An seine junge Frau dachte er. Sie würde sich wohl auch bald nach der Heimat sehnen. Aber dennoch! Es gab kein Zurück.

In sein Nachdenken hinein klang die nüchterne Stimme des Spaniers: »Sie kennen nun meine Stellungnahme, mehr habe ich Ihnen nicht zu sagen. Ach so, das Haus von Herrn Carey wollen Sie noch aufsuchen? Das ist nicht schwer zu finden. Wenden Sie sich nordwärts, der Shwe-Dagon-Pagode zu. Dort, außerhalb des Balkenzaunes, steht das Haus.« Lanciego verbeugte sich.

Judson streckte ihm seine Hand entgegen und sagte herzlich: »Ich danke Ihnen sehr. Wir werden in manchem umlernen müssen, aber unser Platz ist hier.«

Adoniram ging eilend seinen Weg. Nur manchmal blieb er staunend stehen. Hohe Palmen wiegten sich im Wind, und ihre Gipfel glänzten hell im Schein der Abendsonne. Bananenstauden und Feigenbäume neigten sich über den Weg, und durch das Geäst hüpften buntschillernde Vögel. Seltsam fremd klang ihr Gezwitscher. An kleinen und großen Pagoden schritt er vorüber, an Götzenschreinen, die mit Blumen überladen waren. Von irgendwoher klang Glockengeläut, tief und beruhigend. Adoniram lauschte glücklich den Klängen nach. War die Welt hier nicht ein Wundergarten, überfließend von Schönheit und Glanz?

Schlinggewächse wucherten plötzlich über den Weg. Unwirtlicher wurde die Gegend. Adoniram hob den Kopf. Ein widerlicher Geruch verdrängte den süßen Duft der Blumen. Immer stickiger wurde die Luft. Er ging beklommen weiter. Dann stockte plötzlich sein Fuß. Aus wildem Gelände ragte ein Bambuspfahl empor. Daran hing eine menschliche Gestalt, furchtbar zugerichtet – tot. Mit bangen Augen starrte er über den Platz. Andere Pfähle ragten auf. Unheimliche Gewalten schienen von ihnen auszugehen. Adoniram stöhnte. Das war Ranguns – der wunderbaren Märchenstadt – Hinrichtungsplatz.

Dicht hinter der schaurigen Stätte sah man ein Bambustor. Das führte zu Felix Careys Haus. Adoniram schüttelte das Grauen ab. Er betrachtete das Haus. Es stand auf Pfählen und war mit gespaltenem Bambus gedeckt. Steinstufen führten zur Veranda empor; zögernd betrat er sie. Würde das Haus ihm und seiner Anne Heimat werden?

Vorerst sah es nicht so aus. Vor einem kleinen Feuer kauerte eine Burmesenfrau. Sie rauchte eine ungeheure Zigarre, und eine andere stak in ihrem durchbohrten Ohrläppchen. Ihr rosa gestreiftes Unterkleid lag auf dem Boden. Ihre Augen schauten erschreckt dem Ankömmling entgegen.

Adoniram wünschte in diesem Augenblick sehnlich, die Landessprache zu verstehen. Wie sollte man diesem fremden Wesen sonst nahe kommen? Aber seine einzige Weisheit bestand in zwei Worten: »Ma«, so redete man die Frauen an, und »Maung« hieß Herr.

So fragte er also zögernd: »Ma Carey?« Und als die Burmesin nickte, deutete er auf sich und erklärte: »Maung Judson.«

Die paar Worte schlugen eine Brücke. Man verständigte sich über »Ma Judson«; Adoniram machte dabei eine kühne Handbewegung der Stadt zu. Jetzt kam Leben in die Frau. Sie führte ihn in ein düsteres Zimmer, zeigte auf ein Bett und ein paar Grasmatten und sagte freundlich: »Ma Judson.« Da wußte Adoniram, daß bei Ma Carey eine Heimat wartete.

Dann kam die letzte Nacht an Bord der »Georgiana«. Mit glänzenden Augen hörte Anne ihren Mann vom neuen Heim erzählen. Sie wollte Ma Carey lieb haben wie eine Schwester und ihre beiden Kinder auch. »Schön wird es werden«, sagte sie glücklich, »wunderschön!«

Adoniram schwieg. Er dachte an die schauerlichen Pfähle, die dicht und drohend neben dem Missionsgehöft aufragten, an das Grauen der ganzen Hinrichtungsstätte; ein Schatten zog über sein blasses Gesicht. Verstohlen musterte er Anne. Gab es etwas Lieblicheres als diese junge Frau? Und sie sollte tagtäglich den düsteren Platz vor Augen haben? Ein unvorstellbarer Gedanke! Er seufzte plötzlich.

»Was fehlt dir?« fragte Anne erschrocken.

Er sah sie an. »Ach Anne, es gibt ja nicht nur ein warmes Heim für uns in dieser Stadt; ich hab auch anderes gesehen.« Und heftig fügte er hinzu: »Du sollst das Grauen hier nicht sehen!«

Anne blieb ein Weilchen still. In ihre Augen kam eine leise Furcht, aber tapfer sagte sie: »Wozu bin ich denn eine Missionarsfrau? Liebster, wir sind ja nicht allein.«

Adoniram nahm Annes Hände in die seinen und schwieg. Er sah vor sich den Spanier Lanciego und hörte seine Worte: »Das Klima hier ist nichts für eine weiße Frau.« Schuldbewußt sah er in Annes Augen. »Was hab ich dir nur angetan?« seufzte er. »In diese Wildnis habe ich dich hergebracht; mir ist, als pflanze ich eine weiße Lilie auf einen Schutthaufen.«

»*Du* tust es doch nicht!« Sehr ernst und eindringlich klang Annes Stimme. »Es ist doch Gottes Plan mit uns. Du weißt es!«

Still saßen die beiden nebeneinander. Sie wußten sich geborgen.

Der Tropenregen trommelte auf das Segeltuch herab. Adoniram lauschte dem mächtigen Rauschen. Dabei gingen seine Gedanken noch einmal die Wege, die er heute gegangen war. Tempel tauchten vor ihm auf, Pagoden, seltsam schöne Pflanzen und Vögel, Pfahlbauten und Menschen – Marterpfähle voll Grauen. Über allem aber ragte hoch die goldene Turmspitze der Shwe-Dagon, die Buddhas Macht und Herrlichkeit verkündigte. Rangun aber konnte nicht glücklich werden unter Buddhas Zeichen.

Adoniram faltete die Hände und sagte schlicht in das Brausen und Rauschen des Regens hinein: »Dein Zeichen, Jesus Christus, laß mich dem Lande bringen – dein Kreuz, das ohne Unterlaß von deiner Liebe spricht.«

Immer noch rauschte der Regen. Die jungen Missionsleute schliefen. Drüben aber am Ufer lag eine Stadt voller Sehnsucht und Unruhe, voller Kampf und Streit. Die Stadt brauchte einen Heiland.

## Der abtrünnige Mönch

Anne besichtigte ihr neues Heim. Ehrfürchtig trippelte Ma Carey hinter der »wunderschönen« Ausländerin her.

Winzige Eidechsen schlüpften aus den Ritzen am Boden und huschten in Windeseile die Mattenwände empor. Anne mußte lachen. Das waren also ihre künftigen Hausgenossen. Von einem Raum zum andern ging die junge Frau. Wie war alles so anders als daheim! Matten, Wasserkrüge, rot- und schwarzkarierte Schüsseln, eine Feuerstelle, dürftige Möbel – das war der ganze Hausrat, der über die fünf Wohnräume verstreut war. Aber Anne versicherte Ma Carey durch Zeichen und Laute, daß hier ganz gut zu wohnen sei, und die kleine Burmesin lachte glücklich dazu.

Dann wanderten die beiden Frauen durch den Garten. Riesige Bäume strebten zum Himmel, Blumen dufteten und blühten, Gemüse aller Art wuchsen wild durcheinander. Anne nickte zufrieden mit dem Kopf. Zu essen gab es also schon etwas. Nur – wer würde kochen? Etwas ängstlich fragte sie ihre Begleiterin. Die deutete ganz beruhigend auf sich; da legte Anne auch diese Sorge weg.

Über den Garten hinaus schweifte ihr Blick. In nördlicher Richtung funkelte die goldene Turmspitze der Shwe-Dagon. Annes Augen blieben an ihr hängen. Ein Wunsch stieg in ihr hoch: Sie mußte bald den Tempel sehen. Vielleicht ging Adoniram morgen in die Stadt und konnte sie mitnehmen. Endlich riß sie den Blick los. Die Augen waren wie geblendet von dem Goldglanz. Jetzt suchte sie, sich in entgegengesetzter Richtung zurechtzufinden. Palmen und Mangobäume erhoben dort ihre stolzen Kronen zum tiefblauen Himmel. Über den Wipfeln schwebte ein Geier; ruhig zog er seine Kreise. Dann fuhr er blitzschnell mit mächtigem Flügelschlag nieder und verschwand jenseits der Bäume in Ranken und Gesträuch.

Die junge Frau hatte dem Raubvogel zugesehen. Rasch

ging sie zum Bambuszaun und schob das dichte Gestrüpp der Lianen zur Seite. Wo mochte der Geier geblieben sein? Angestrengt schaute sie durch die Lücke im Gesträuch. Erst sah sie nichts als Schmutz, darin wühlten grunzende Schweine. Dann aber blieb ihr Auge an einem Pfahl hängen. Einen Schrei des Grauens stieß sie aus und eilte zitternd zu Ma Carey zurück. Deren gutes Gesicht sah plötzlich hilflos und erschrocken aus. Sie stieß ein paar Worte zwischen den Zähnen hervor, die Anne nicht verstand. Aber das traurige Gesicht der Burmesin verriet ihr alles. Drüben hinter dem Gartenzaun war ein schauriger Platz – die Hinrichtungsstätte von Rangun.

Anne schauderte; sie fror trotz der heißen Mittagssonne. Still ging sie ins Haus. Mitleidig sah ihr Ma Carey nach, und ihre Lippen murmelten etwas. Und dann verschwand auch sie in einem ihrer Räume. Die Palmen aber wiegten ihre Kronen im heißen Wind so unbeschwert und leicht, als kennten sie nur Schönheit und Leben.

Eine Stunde später trat Adoniram ins Haus. Froh pfiff er vor sich hin. Anne horchte auf. Sie hätte gern die Melodie aufgenommen; doch wie konnte man hier unbeschwert singen, wenn so nahe die fürchterliche Hinrichtungsstätte lag? Traurig blieb sie am Fenster stehen. Der Anruf Adonirams schreckte sie auf.

Der junge Missionar bemerkte gar nicht die Niedergeschlagenheit seiner Frau, so froh war er. »Annchen, es geht vorwärts«, rief er glücklich, »ich habe einen Sprachlehrer in Aussicht; noch heute wird er sich vorstellen. Ich bin gespannt, bis ich ihn kennenlerne. Dann geht es aber ans Lernen; und dir bringe ich bald meine Weisheit bei.«

Anne sah ihrem Mann in die glücklichen Augen und schob ihre düsteren Gedanken beiseite. »Ich freue mich auch, wenn ich bald ordentlich reden kann«, sagte sie. »Von Ma Carey habe ich schon ein wenig gelernt, aber damit fange ich bei anderen Leuten noch nichts an. Hoffentlich ist dein Lehrer ein gebildeter, freundlicher Mann.«

»Ein unglücklicher Mann muß er sein«, sagte Adoniram sinnend, »ein abtrünniger Mönch, der die Klostergelübde nicht gehalten hat. Er ist jetzt verheiratet und legt in einem Zayat (Schule) dem Volk die Lehrsätze Buddhas aus. Die Leute hören ihn allem Anschein nach gern.«

Anne meinte: »Hoffentlich ist er nicht ein ganz fanatischer Buddhist. Sonst macht er es dir schwer.«

Adoniram schüttelte den Kopf und sagte zuversichtlich: »Ich werde ihm das Evangelium sagen. Was meinst du, Anne, dann wird er vielleicht der erste Christ in Burma.«

»Vielleicht«, nickte die Missionarsfrau.

Es war am Nachmittag. Der Himmel hatte sich verfinstert. Durch Sturm und Regen kämpften sich zwei Gestalten zum Missionshaus. Unter einem grünen, langstieligen Schirm kamen sie durch den überfluteten Garten und stiegen die Stufen zur Veranda empor.

Dort saß Adoniram über seine Bibel gebeugt. Ein Räuspern ließ ihn auffahren. Vor ihm stand ein großer, hagerer Burmese, hinter ihm mit dem Schirm in der Hand sein Diener. Mit einem Blick hatte Adoniram die hohe Gestalt in sich aufgenommen. Die schwarzen Augen in dem abgezehrten Gesicht blickten unglücklich. Sie gaben dem Mann ein düsteres Aussehen, verwischten aber nicht das Edle, Geistige in seinen Zügen. Hoch und schön wölbte sich die Stirn. Die Stirn eines Denkers, stellte Adoniram fest. Er empfand sofort Sympathie für den Burmesen. Erfreut streckte er ihm beide Hände entgegen und sagte: »Sie sind wohl mein künftiger Lehrer? Herzlich willkommen!«

Der Eingeborene horchte beim warmen Klang dieser Stimme auf. In seine gequälten Augen trat ein Staunen. Dann verbeugte er sich höflich vor dem weißen Mann und sagte kurz: »Maung Sway-gnong.« Adoniram nannte daraufhin seinen Namen und forderte den Lehrer zum Sitzen auf. Nun trat der Diener vor, nahm aus einer Schachtel ein Palmblätterbuch, reichte es seinem Herrn und verschwand im Dickicht des Gartens. – Oben auf der Veranda beugten sich zwei Köpfe über krause Schriftzeichen – Adonirams Kampf mit der Sprache Burmas begann.

Maung Sway-gnong war ein ausgezeichneter Lehrer. Pünktlich zur Stunde erschien er mit seinen Büchern und begann den Unterricht. Auf jede Frage Adonirams hielt er eine Antwort bereit; aber immer blieb er zurückhaltend und undurchdringlich. Adoniram dachte oft über seinen Lehrer nach. Machte ihn sein Wissen reich? War er glücklich, es weitergeben zu dürfen? Sehnte sich der Gelehrte nach Gemeinschaft mit ihm oder war er über alles erhaben? Warum schauten die schwarzen Augen unglücklich und finster? Und warum ging Maung Sway-gnong an manchen Tagen schleichend und ängstlich wie ein verfolgtes Tier? Adoniram konnte es nicht ergründen. Maung Sway-gnong, der buddhistische Mönch, blieb ihm vorerst ein Geheimnis.

Die Tage kamen und gingen. Eisern saß Adoniram über seinen Büchern. Vierzehn Stunden am Tag gehörten dem Sprachstudium. Alles in ihm strebte dem großen Tage zu, an dem er das Evangelium in der Landessprache verkündigen durfte. Wann endlich würde es so weit sein? »Jahre wird es dauern«, sagte Maung Sway-gnong unbewegt, und seufzend zügelte der junge Missionar seine Ungeduld.

## Rangun ehrt Buddha Gautama

Der Morgen dämmerte herauf. Anne blinzelte in die Sonnenstrahlen und hörte entzückt dem Lied der Nachtigallen zu. Auch Adoniram wurde wach. Immer festlicher klang draußen das Singen und Jubilieren der Vögel.

Da zerriß ein Schrei die Stille.

Anne fuhr hoch: »Don, Don, hörst du es auch?« rief sie entsetzt. »Da – wieder! Es ist entsetzlich!« Anne hielt sich die Ohren zu.

Der Missionar richtete sich auf. Markerschütternde Schreie durchbrachen das Jubilieren der gefiederten Sänger; sie kamen vom Hinrichtungsplatz.

»Ich kann das nicht hören«, stöhnte Anne gequält. »Oh, könnte ich nur jetzt schnell wegfliegen!«

»Wir brauchen keine Flügel«, sagte Adoniram trocken, »wir stehen auf und machen einen Morgenspaziergang.«

Still kleideten sie sich an. Adoniram hielt dabei Zwiesprache mit seinem Herrn. Er bat für den Mann am Marterpfahl, der da drüben hinter dem Vorhang von Schlinggewächsen seine Todesqualen litt.

Lautlos gingen sie zum Gartentor hinaus und schauten aufatmend in den lichten Sonnenschein. Da flatterten gelbe Gewänder – ein Zug von Mönchen zog schweigend an den beiden vorüber.

»Sie gehen zur Shwe-Dagon«, sagte Adoniram, »zum Morgenopfer.«

»Sie sind wohl sehr fromm?« fragte Anne.

»Buddhisten sind immer fromm und leben streng nach ihren Gesetzen«, erklärte der junge Missionar. Dann gingen sie hinter den Mönchen her. Auch andere Leute schlossen sich an. Neugierig sahen sie auf die Fremden und tauschten ihre Bemerkungen. Anne studierte die Gesichter um sich herum; Verschlossenheit lag auf den meisten und Undurchdringlichkeit.

Die goldene Spitze der Shwe-Dagon funkelte hell im Sonnenlicht. Adoniram brachte den Blick nicht von ihr los. Sie schien ihm ein Geheimnis zu hüten.

Stufen führten zu Buddhas größtem Tempel empor. Anne sah mit Staunen, daß all die Leute um sie herum ihre Sandalen auszogen und feierlich auf bloßen Füßen die bedeckte Treppe hinaufstiegen. Blumen hielten sie in den Händen; Kerzen hoben sie empor; in allen Farben leuchteten die bunten Gewänder – es war ein unbeschreiblich schönes Bild.

Anne kam sich wie verzaubert vor. Hatte sie je solch ein Bild in der Heimat gesehen? Unverwandt blickte sie auf die wogende Menschenmenge. Jetzt entdeckte sie in den vorher so verschlossenen Gesichtern einen neuen Zug: Entrücktheit, Hingabe. Sehr seltsam war es der jungen Missionarsfrau zumute. So also ehrte Burma seinen Gott. Auf bloßen Füßen nur wagte das Volk, sich seinem Heiligtum zu nähern; und jede Bewegung, jede Handlung, ja, jeder Gedanke der Anbetenden kreiste um eines nur – um Buddha, den Erleuchteten.

Ganz in die Stimmung mit hineingezogen, flüsterte Anne fragend: »Sollen wir auch die Schuhe ausziehen?«

Ein entrüsteter Blick Adonirams traf sie. »Ganz gewiß nicht«, erwiderte er fest. »Wir sind doch keine Buddhisten. Ich lehne es vollständig ab, Buddha Gautama die geringste Ehre zu erweisen. Du darfst nie vergessen, daß ich ein Diener Gottes bin.«

Anne verstand ihren Mann; aber ihr weibliches Gefühl ließ sie nicht schweigen. »Wir könnten doch eher den Weg zu ihren Herzen finden, wenn wir uns ihrer Sitte beugen. Meinst du nicht auch, Don?«

Adoniram schüttelte sein kluges Haupt. Dann nahm er Annes Hand, und sie begannen langsam, die Stufen zu Buddhas Heiligtum emporzusteigen. Seine Augen blickten über die Menge hinweg, empor zur goldenen Spitze. Zögernd folgte Anne.

»Zurück, fremdes Tier!« schrie plötzlich jemand in ihrer Nähe. Erschrocken drehten sich die beiden nach dem Sprecher um.

Ein Mönch stand vor ihnen. Alt schien er zu sein; aber seine schwarzen, unergründlichen Augen brannten in jugendlichem Feuer. »Macht, daß ihr fortkommt!« drohte er. »Niemand darf hier mit bedecktem Haupt und mit Schuhen an den Füßen hinauf.« Seine Worte begleitete er mit Zeichen, so daß Adoniram genau verstand, was der Sprecher meinte.

Der Missionar reckte seine Gestalt. Auch seine Augen glühten. Fest sagte er: »Ich ziehe meine Schuhe nicht aus.«

Das wirkte, als habe ein Blitz eingeschlagen. Die Menge begann zu grollen. Sie ballte sich zusammen und bildete eine Mauer. Die Treppe wurde abgesperrt.

Der Mönch streckte gebietend die Hand aus. Adoniram blieb nichts anderes übrig, als den Rückzug anzutreten. Aber er tat es hocherhobenen Hauptes. »Nun habe ich ihnen meine Stellung klargelegt«, sagte er befriedigt. »Sie sollen ja nicht denken, daß wir ihren Gott verehren.«

Anne ging still an Adonirams Seite der Stadt zu. Sie bewunderte ihres Mannes Mut. Und doch – und doch – mußte man nicht auf die Sitte eines Volkes achten?

Adoniram aber sehnte die Zeit herbei, da er in der Landessprache reden könnte. Dann würde er mit dem seltsamen Mönch dort auf der Treppe ein Gespräch beginnen. Und er würde ihm erklären, warum ein Anhänger Jesu Christi dem Buddha Gautama niemals auch nur das geringste Ehrfurchtszeichen erweisen könnte.

Buddha Gautama, Burmas großer Gott, war beleidigt worden. Das ließen sich seine Anhänger nicht gefallen. Wie ein Lauffeuer verbreitete sich das Geschehen an den Stufen der Shwe-Dagon durch die Stadt. Auch Lanciego, der Spanier, hörte davon. Er schüttelte ärgerlich den Kopf über den jungen »Heißsporn«. Und es war ihm eben recht, als drei Tage nach der Geschichte der Missionar sich bei ihm melden ließ. Adoniram kam in einer ganz persönlichen Angelegenheit. Er suchte ein Schreibpult.

Der Spanier schaute düster auf den Missionar. »Nun, Herr Judson«, fing er seine Rede an, »Sie haben sich mit den Leuten hier verfeindet. Und dem Gaing-ok haben Sie den Gehorsam verweigert. Wenn Sie nicht umdenken lernen, werden Sie bald an einem Ort sein, wo Sie ein Schreibpult nicht mehr brauchen.«

Adoniram wußte nicht, wer der Gaing-ok wäre. Der Spanier erklärte ihm: »Der Gaing-ok? So eine Art Bischof bedeutet das hier. Alle Klöster sind ihm unterstellt. Solch ein geachteter Mann läßt sich nicht beleidigen und seinen Gott schon gar nicht.«

Adoniram blieb ruhig. Gelassen sagte er: »Der Gaing-ok muß wissen, daß ich seinen Gott bekämpfe.«

Der Spanier war außer sich. Wie konnte man Buddha, den Erleuchteten, bekämpfen? Und noch dazu in seinem eigenen Land und Volk? Wahnsinn war das! Einfach unverantwortlich! Wer sollte denn die Folgen tragen?

Der Missionar ließ Lanciego wüten. Freimütig schaute er ihm in die Augen.

Da schwieg der Spanier. Unentwegt starrte er auf Adoniram; dann murmelte er: »Sie sind zu gut für dieses Land! Ich habe es Ihnen ja schon gesagt. Gehen Sie doch in Ihre Heimat zurück, in irgendeine fromme Kirche Ihres Landes. Dort wird man Sinn für einen gelehrten und feinen Mann haben.«

Daraufhin schwieg Adoniram eine Weile. Dann sagte er schlicht: »Gott hat mein Leben für gute und böse Tage an Burma gebunden – das ist meine Gewißheit. Mein Platz ist darum hier.«

»Dann hat es ja keinen Sinn, weitere Worte an Sie zu verschwenden«, sagte der Spanier und wandte sich seinen Rechnungsbüchern zu. Adoniram verabschiedete sich.

Unten am Meer sah er noch lange dem Wogen der Wellen zu. Ruhelos hoben und senkten die Wasser sich. Fern über dem unruhigen Meer aber hob sich in vollkommener Ruhe die goldene Turmspitze der Shwe-Dagon zu den Wolken empor. Sie schien der einzig ruhende Pol in allem Branden und Wogen um sie her.

# Im Palast des Vizekönigs

Zwischen dunklen Bäumen lag ein Kloster. Adoniram hatte es auf einem seiner Streifzüge entdeckt. Mit unwiderstehlicher Gewalt zog es ihn immer neu zu dem stillen Ort. Wieder stand er an einem Morgen zwischen den Bäumen und schaute zu den geschweiften Dächern und Türmen des Klosters hinüber. Da sah er einen Zug von Mönchen aus dem Tor ziehen; feierlich und ernst schritt der Gaing-ok vor ihnen her. Adoniram wünschte sich plötzlich, dieses Mannes Freund zu sein. Versunken schaute er dem hochgewachsenen Mönch nach und hielt in Gedanken ein Zwiegespräch mit ihm. Wenn er nur erst die Landessprache beherrschte! Dann könnte er dem Gaing-ok von Christus erzählen, und der Mönch würde vielleicht bald ein eifriger Christusanhänger werden. Aber das lag noch in weiter Ferne.

Die Mönche waren verschwunden. Adoniram wandte sich auch der Stadt zu. Mit wachen Augen schlenderte er über den Markt und sah dem bunten Treiben zu. Da fühlte er plötzlich einen harten Griff am Arm. Ein Soldat in rotem Lendentuch und grüner Jacke stand vor ihm und herrschte ihn an: »Fremdes Tier, Ihr sollt sofort zum Vizekönig kommen!«

Sehr verwundert folgte der Missionar. Der Soldat machte vor einem Gebäude halt. »Die Halle der Gerechtigkeit«, stieß er mit rauher Stimme hervor; dann schleuderte er seine Sandalen von den Füßen. Ohne ein Wort zu fragen, bückte sich der Weiße und zog auch seine Schuhe aus. Die Landessitte, fuhr es ihm durch den Kopf, man kann Herzen damit gewinnen. Und er verstand auf einmal seine kluge Anne. Vielleicht hätte man doch auch an der Treppe sich fügen müssen?

Adoniram konnte seinen Gedanken nicht mehr nachhängen. Der Burmese knurrte anerkennend: »Ich sehe, Ihr fangt an, Anstand zu lernen.« Dann stieß er Adoniram über die Schwelle in den Gerichtssaal. Männer und Frauen kauerten ehrfürchtig vor einem mächtigen Mann in weißen Gewändern, der auf einem erhöhten Sitz saß – es war der Vizekönig. Grimmig schaute er über seine Untertanen weg und sandte einen haßerfüllten Blick auf den weißen Missionar. Er deutete nach Adoniram und schrie mit heiserer Stimme: »Was habt denn Ihr im ›Goldenen Reich‹ zu tun?«

»Ich lerne die ›Goldene Sprache‹, Euer Gnaden.«

»Zu welchem Zweck tut Ihr das?« Lauernd waren die finsteren Augen des Vizekönigs auf den Weißen gerichtet.

»Ich tue es, um dem burmesischen Volk etwas von meinem Glauben zu sagen.«

Der Vizekönig wandte kein Auge von dem mutigen Sprecher. Dann sagte er mit Nachdruck: »Hört, fremdes Tier, an dem Tage, da Ihr anfangt, irgendeinen Burmesen auch nur dazu zu bringen, an den Namen Eurer Religion zu denken, an demselben Tage wird jener Burmese gefoltert. Ihr aber, Ihr werdet aus dem Land geschickt!« Alles verharrte in Schweigen. Dann hörte man des Königs harte Stimme wieder: »Was sagt Ihr nun dazu, mein schöner weißer Affe!«

Adoniram sah mit ruhigem Blick den König an: »Nur mein Gott kann mich hindern, hier sein Wort auszubreiten. Ihr könnt es nicht. Mein Gott kann aber auch verhüten, daß einer, der mir zuhört, gefoltert wird.«

»Hütet Euch!« schnaubte der Vizekönig. Dann fügte er etwas freundlicher hinzu: »Ihr sprecht die Landessprache schon recht ordentlich. Wer ist denn Euer Lehrer?«

Adoniram fürchtete, der Vizekönig könnte Maung Sway-gnong etwas antun. Still flehte er den Schutz Gottes auf ihn herab.

Gespannt sah alles auf den Missionar. Der zögerte erst mit der Antwort, dann sagte er mannhaft: »Maung Sway-gnong.«

»Dieser Büffel!« schrie der Vizekönig erbost. »Er ist mein Feind!« Wild funkelten seine Augen, dann stand er plötzlich auf und schritt dem Ausgang zu. Von der Türe her schrie er noch mit wütender Stimme: »Fremdes Tier, hütet Euch! Ein jeder, der Euch einmal zuhört, wird zu Tode gequält!«

Dann verließ er mit seinem Hofgesinde die Halle der Gerechtigkeit.

Nach Adoniram sah sich niemand um. Tief aufatmend trat er ins Freie und eilte nach Hause. Am Frühstückstisch daheim hörte Anne entsetzt seiner Erzählung zu. Lange Zeit saß sie nachdenklich da. Adoniram sah sie gespannt und lächelnd an. Was sie wohl dachte?

Schon hob Anne den Kopf: »Wirst du Maung Swaygnong entlassen, damit er nicht gefährdet ist?«

»Ich denke nicht daran. Wir wollen Gott zutrauen, daß er ihn schützt.« Anne lächelte ein wenig verschmitzt und sagte: »Wir müssen auch mithelfen, ihn zu schützen.«

»Wie geht das?«

Anne setzte sich sehr gerade, strich das Haar aus der Stirn und sagte: »Wir müssen Freundschaft mit dem Vizekönig schließen, dann tut er deinem Lehrer nichts. Ich werde ihm ein Geschenk bringen.«

Adonirams schmales Gesicht sah plötzlich hart und entschlossen aus. »Das wäre Bestechung! Ich hasse das!«

Anne ließ sich nicht entmutigen. »Schau, Don«, sagte sie herzlich, »ich bringe dem König selber das Geschenk. Ich will ihn sicher nicht bestechen. Ich will nur ein wenig mithelfen, daß deinem Lehrer nichts geschieht. Und denk«, fuhr sie strahlend fort, »wenn der Vizekönig dann unser Freund wird, kannst du in aller Freiheit von Jesus erzählen. Und kein Burmese darf gefoltert werden.«

Anne war unwiderstehlich. »So such halt ein Geschenk«, sagte Adoniram überwunden. »Aber ich werde mit dir gehen.«

»Das kannst du nicht«, meinte Anne. »Dich hat der König schon gesehen. Und Ma Carey hat gesagt, daß ich allein viel sicherer sei. Ich mache übrigens der Vizekönigin einen Besuch und bringe ihr das Geschenk mit für Ihren Herrn Gemahl.«

Ganz übermütig war Anne geworden. Sie rannte fort und kam gleich wieder mit einem wunderschönen Bild. Die Niagara-Fälle waren darauf zu sehen. Man meinte, das Rauschen des Wassers zu hören, so echt hatte der Künstler das Bild gemalt. »Das soll der Vizekönig haben«, sagte sie, packte es entschlossen ein und erklärte ihrem erstaunten Mann, noch heute der Vizekönigin ihren Besuch abzustatten.

Am Nachmittag spazierte Anne mit klopfendem Herzen durch die Straßen der Stadt. Hinter ihr ging Koo-chil, ihr neu eingestellter Koch, und trug behutsam ein Paket, das in feine, rote Seide gehüllt war – die Niagara-Fälle.

Mit hellen Augen sah Anne sich um. Das Treiben in der Stadt gefiel ihr. Aber schließlich senkte sie verlegen die Blicke. Jeder, der vorüberging, blieb vor ihr stehen und starrte sie aufdringlich an. Männer und Frauen stießen sich an und deuteten auf sie, um gleich darauf in seltsamen Lauten ein Gespräch zu beginnen. Anne wußte, daß wohl weiße Männer in Rangun herumliefen, aber außer ihr keine einzige weiße Frau. So kam sie den Eingeborenen fast wie ein Weltwunder vor. Es war ihr furchtbar unangenehm, von allen angestarrt zu werden, aber Anne ging entschlossen ihrem Ziel entgegen.

Das Gehöft des Vizekönigs tauchte auf. Koo-chil überreichte seiner Herrin die Niagara-Fälle, dann machte er sich auf den Heimweg. Ehe sich Anne recht besinnen konnte, stand ein Diener vor ihr und führte sie in einen hohen Raum. Anne sah sich verlegen um. Viele Augenpaare starrten sie an – die Nebenfrauen des Vizekönigs hatten hier ihr Reich. Mit entzückten Lauten gingen sie auf die Missionarsfrau los. Rauhe Hände streichelten ihr feines, weißes Kleid, betasteten ihr Gesicht und strichen zögernd über das lockige Haar. In all den dunklen Gesichtern war eine solche Freude, daß Anne ergriffen war.

Eine der Frauen brachte eingemachte Teeblätter, die andere gab keine Ruhe, bis sie Annes Schuhe an den eigenen Füßen hatte. Und als die Vizekönigin erschien, gingen eben Annes Handschuhe von Hand zu Hand, und ihre hübsche Kopfbedeckung prangte auf dem Haupt einer alten Burmesin.

Die Vizekönigin wollte vieles wissen. Anne plauderte unbefangen – die Zeichensprache zu Hilfe nehmend, nahm langsam ihre Kleidungsstücke wieder in Empfang und ließ sie aufs neue von der Vizekönigin bewundern.

Die Tür flog auf. Mit wildem Blick trat der Vizekönig ein. Die Frauen verstummten und sahen angstvoll nach dem finsteren Mann. Der drehte seinen Speer in den Händen, sah im Kreis umher, dann blieb sein Blick an Anne haften. Der grausame Mann stand ganz still. Es war ihm, als wäre eine Wunderblume in seinen Räumen aufgeblüht.

Anne hielt dem Blick des Vizekönigs stand. Ihr Herz begann zwar, stürmisch zu klopfen, aber tapfer sah sie in das rohe, abschreckende Gesicht. Und seltsam – das Gesicht vor ihr verlor allmählich seine Schrecken. Die finsteren Züge erhellten sich, und der Anflug eines Lächelns erschien auf ihnen. »Wie schön seid Ihr, o Weib des fremden Tieres«, stieß der König schweratmend hervor.

Anne ging auf den Herrscher von Rangun zu, wickelte ihr Geschenk aus und überreichte mit einem tiefen Knicks das Bild.

Der König schaute auf die brausenden Wasserfälle. Schöneres hatte er noch nie gesehen. Sein Gesicht wurde richtig hell, und die finsteren Augen blickten erstaunt. Mit einer Menge Fragen überschüttete er Anne. Wer das Bild gemalt habe? Was es darstelle? Ob alle Amerikaner so wunderbar die Natur nachgestalten könnten?

Rings im Kreis herum zeigte er das Bild. »Seht nur!

Seht!« sagte er begeistert. »Es ist, als könnte man das Rauschen tiefen Wassers hören.«

Nun sah der Vizekönig wieder auf Anne. Er fühlte sich sehr geschmeichelt, daß die weiße Frau ihm solch seltsam schönes Geschenk gebracht hatte. Und überdies – die Ausländerin war sehr schön. »Oh, liebliche Fremde, was kann ich für Euch tun?« fragte er gnädig.

Anne sagte schlicht: »Erlauben Euer Gnaden meinem Mann und mir, hier in unserem Haus und Garten friedlich zu leben?«

»Das will ich tun!« rief der Vizekönig laut. »Aber in Euerm jetzigen Haus können Euch nicht einmal die 37 Schutzgeister von Burma beschützen. Ich will Euch einen Platz zum Bauen geben.«

Der Vizekönig ließ einen Schreiber herbeirufen, der schrieb auf das Blatt einer Ölpalme, was ihm der Vizekönig diktierte: »An den Schatzmeister. Verkaufe dem ›Fremden Tier‹ das verlassene Eigentum des portugiesischen Priesters nahe bei dem alten Wasserloch!«

Großmütig überreichte der gewaltige Mann der zarten, weißen Frau das kostbare Schriftstück, dann entließ er sie gnädig. Anne ging wie im Traum nach Hause. Nun würde Adoniram nichts geschehen, auch Maung Sway-gnong konnte ruhig vor Verfolgung sein. Sie lächelte beglückt vor sich hin. Bald würden sie sicher wohnen in einem schönen, neuen Haus – weit, weit entfernt von dem schauerlichen Hinrichtungsplatz Ranguns. Und Adoniram konnte ungehemmt die Botschaft von Christus verkündigen. Anne empfand dankbar, daß Gott der Sache des Evangeliums heute einen wichtigen Schritt vorwärts geholfen hatte.

## Von Burmas Geistern umgeben

Adoniram stand auf dem neuen Grundstück. Besitzerfreude war in ihm. Hier, neben diesem Feigenbaum sollte sein künftiges Heim stehen. Maung Sway-gnong nickte zu diesem Vorschlag und sagte: »Beim Baumeister können Sie heute Pfosten haben; ich werde Sie begleiten.«

Im Hof des Baumeisters standen dann die zwei ungleichen Männer neben einem Haufen Pfähle. Sachkundig griff der Burmese nach einem Pfosten; knorrig war er und mit Flecken versehen. »Das ist der rechte«, murmelte er, dann zog er bedächtig einen noch knorrigeren Stamm hervor.

»Halt! Halt!« rief der Missionar. »Ich will mir meine Pfosten selber suchen. Die müssen ebenmäßig sein. Nicht so knorrig und fleckig wie an den Häusern hier.«

Maung Sway-gnong war ganz Würde. »Aber sehen Sie, mein Schüler, die Auswüchse sind sehr wichtig. Jeder Pfosten hat seine Aufgabe. Die männlichen Pfosten sind ebenmäßig, sie sind leicht zu beschaffen, aber einer ist genug an Ihrem Haus. Die weiblichen Pfosten sind breiter und knorrig, die bringen Glück; davon brauchen wir mindestens drei. Sächliche Pfosten sollten nur unter Bedingungen, die Sie doch nicht verstehen, verwendet werden.«

Adoniram fuhr auf. »Das ist Aberglaube! Ich dulde solchen Unsinn nicht. Zu meinem Haus will ich die Balken nach anderen Gesichtspunkten wählen.« Und Adoniram griff nach einem ebenmäßigen Pfahl.

Finster schaute der Lehrer zu. »Wenn Sie das Haus nach Ihrem Willen bauen, wird nie ein Burmese Ihre Wohnung betreten.« Und Maung Sway-gnong räusperte sich und sagte: »Auch ich, mein Schüler, werde nie erscheinen.«

»Unsinn!« fuhr der Missionar auf. Dann schaute er in das kluge, abgezehrte Gesicht seines Lehrers. »Und Sie sind der Mann, dessen Klugheit ich so sehr bewundert habe? Und geben solchen dummen Redensarten recht!«

Der Burmese fuhr entrüstet auf. »Dann suchen Sie sich einen klügeren Mann als mich! Ich werde gehen!« Maung Sway-gnong drehte sich um und ging mit gemessenen Schritten dem Ausgang zu.

Adoniram lief ihm eilends nach. »Oh, Lehrer, verlassen Sie mich nicht«, bat er. »Sie sind der einzige Freund, den ich in Burma habe.«

Über Maung Sway-gnongs trauriges Gesicht ging ein kurzes Aufleuchten. Er liebte seinen Schüler auch. Sanft, aber mit großer Festigkeit setzte er ihm die Weisheit der männlichen, weiblichen und sächlichen Balken noch einmal auseinander, und seufzend gab Adoniram nach. Triumphierend, unter viel Gemurmel, wählte Maung Sway-gnong die Pfosten aus – nun konnte das Missionshaus ein Glückshaus werden!

Zwei Monate später zog Adoniram in sein eigenes Haus ein. Und nicht nur seine Anne kam mit; Ma Carey wollte auch bei ihnen wohnen. Dann waren noch Koo-chil da, der Koch, und zwei weitere dienstbare Geister, der Gärtner Maung Nau und seine Frau Ma Baik.

Abend war es, der erste im neuen Heim. Adoniram blickte von der Veranda in den Garten hinaus. Da huschte Ma Carey an ihm vorüber. Ein großes Umschlagtuch hatte sie um, darunter hielt sie ängstlich etwas verborgen. In der Südecke der Veranda machte sie halt. Der Missionar sah, wie sie aus den Falten des Tuches eine geöffnete Kokosnußschale nahm; die hob sie hoch und hing sie an gelben Stoffstreifen auf. Da baumelte nun die Schale, und Ma Carey blieb leise lispelnd davor stehen.

Adoniram hatte sprachlos zugeschaut. Nun fragte er: »Ma Carey, was soll das bedeuten? Wir hängen Bilder auf, aber keine Kokosnußschalen.«

Ma Carey flüsterte geheimnisvoll: »O Freund aus der Ferne, Ihr Haus hat Zauberschutz nötig. In dieser Schale werden gute Geister wohnen; wir legen ihnen Reis und hie und da ein Silberstück hinein.« Und mit einem seligen

Blick auf das kleine Geisterhaus schlüpfte Ma Carey in die Küche.

Ein Geisterhaus hier im neuen Heim? Ein kalter Schauder jagte Adoniram den Rücken hinab. Mit Geistern ließ er sich nicht ein. Ein Missionar vertraute seinem Gott und ging keine Kompromisse ein. Die Sache mit den Pfählen drückte ihn sowieso. Nachgeben in einem Fall genügte wahrhaftig – einen zweiten Fall gab es nicht.

Vorerst blieb das Geisterhäuschen hängen. Aber als es Nacht wurde, nahm der Missionar die Kokosschale und trug sie in den Wald. Unter einer hohen Palme blieb er stehen; das Geisterhäuschen fand hier eine neue Heimat.

Am nächsten Morgen war es grabesstill im Missionshaus. Neugierig schaute Anne durch die Verandatür; kein Frühstückstisch war zugerichtet; verlassen lag die Küche da, und auf den Gartenwegen sah man weder den Gärtner noch seine Frau.

»Sie sind alle fort!« sagte Anne bestürzt. »Kannst du dir denken, warum?«

Adoniram wußte sofort Bescheid. Er erzählte die Geschichte vom Geisterhaus. Sehr nachdenklich sah Anne drein. »Du hast die Geister der Burmesen beleidigt; kein Mensch wagt, für uns ›fremde Tiere‹ zu arbeiten, wenn wir ihren Geistern nicht Wohnrecht gönnen. Don, du mußt das Häuschen wieder holen!«

»Das fehlte gerade noch«, polterte er. »Wie stellst du dir das eigentlich vor? Ich kann doch Christus, den alleinigen Herrn, nicht verkündigen, wenn mir ein Geisterhäuschen über dem Kopf baumelt. Erst die Pfosten, jetzt das Geisterhaus, wenn es so weitergeht, sind wir bald mit allen Geistern Burmas umgeben. Dann haben wir hier keinen Auftrag mehr.« Seine Augen blitzten kampfbereit; herausfordernd sah er seine Anne an.

Die schälte in aller Ruhe eine Banane. Dann sah sie mit hellen Augen zu Adoniram auf. »Don, hör einmal«, begann sie beruhigend, »muß man nicht aus Liebe zu den andern auch einmal die Geister dulden?«

Er schüttelte sehr energisch den Kopf. Anne ließ ihn aber nicht zum Reden kommen, sondern fuhr fort: »Du kannst den Burmesen ihre Götter und Geisterhäuschen nicht wegnehmen, ehe du ihnen nicht etwas Besseres bringst, ehe sie nicht Jesus Christus kennen. Sie müssen sich doch auch an etwas klammern, Don. Schau, wir schwachen Menschen müssen etwas über uns haben. Und ist's nicht Gott, dann sind's die Geister.«

Adoniram gab sich noch nicht geschlagen. »Es ist aber ein Unrecht, wenn wir Missionare solch ein Geisterhaus aufhängen«, beharrte er. »Vor Gott werde ich schuldig, und zudem muß ich alle Europäer, die uns besuchen, um Entschuldigung bitten, weil ich solch heidnischen Kram dulde.«

Anne sagte weich: »Don, glaub es mir, wenn unsere Hausleute erst Jesus kennenlernen, dann tragen sie das Ding von selbst in den Wald. Aber bis dahin, Don, bis dahin brauchst du deinen Lehrer und ich Koo-chil, meinen Koch. Ihnen zuliebe hänge das Geisterhaus wieder auf!«

Ohne ein weiteres Wort zu sagen, ging Adoniram die Verandastufen hinab und verschwand kurz darauf im Wald. Von weitem schimmerten ihm gelbe Tuchstreifen entgegen; da lag das Geisterhäuschen unter seiner Palme. Mit spitzen Fingern nahm es Adoniram vom Boden auf und schaute es verächtlich an. Da glitt ein Sonnenstrahl plötzlich über die Wipfel und fand seinen Weg bis zum Geisterhaus in Adonirams Hand. Der Missionar mußte im selben Augenblick an das Wort seiner Anne denken: »Nicht etwas wegnehmen, ehe du ihnen nicht etwas viel Größeres bringst.« Und versöhnt trug er die Kokosnußschale nach Hause.

Dort hing das Geisterhäuschen bald wieder an seinem Platz, und – in das vorher so stille Missionshaus kam plötzlich wieder Leben und Bewegung. Koo-chil eilte durch den

Garten, beladen mit Früchten und Gemüsen, als käme er eben vom Markt nach Hause. Der Gärtner grub ein Stück Land um, vertieft und emsig, als wäre er schon lange an der Arbeit. Ma Baik kehrte mit Würde und Ausdauer den Hof. Ma Carey aber ging mit still verklärtem Gesicht zum Geisterhäuschen, streute ein paar Körner Reis hinein, hielt ihr Ohr an die Kokosnußschale und verkündigte triumphierend, daß bereits ein Königsgeistchen eingezogen sei.

Anne sah lachend ihren Don an und sagte schelmisch: »Ich will dem Häuschen einen Namen geben. ›Herr Bitt-allerseits-um-Entschuldigung‹ soll es heißen.«

Adoniram stimmte in ihr frohes Lachen ein, aber mehr denn je sehnte er sich, die Landessprache endlich zu beherrschen, um den Burmesen von dem einen Herrn zu sagen, dem alle Götter weichen müssen.

## Eine bewegende Geschichte

Eintönig rieselte der Regen vom grauen Himmel. Adoniram schaute bekümmert in den tropfenden Garten hinaus. Alles lag grau in grau vor ihm ausgebreitet; die leuchtende Schönheit schien gestorben.

Aber was bedeutete der graue Himmel schon gegenüber der Einsamkeit, unter der Adoniram litt? Anne fehlte ihm auf Schritt und Tritt. Sie hatte das Klima nicht mehr ertragen und war schon zwei Wochen von ihm weg. Drei Monate sollte sie mindestens in Serampur bleiben, um sich gründlich zu erholen. Eine nicht abzusehende Zeit schien das Adoniram zu sein.

Aber er wollte die Monate nützen, den Kampf mit der Sprache jeden Tag neu aufnehmen, und dann würde er langsam ans Übersetzen der Evangelien gehen. Adoniram beugte sich über seine Bücher und vertiefte sich so in seine Arbeit, daß er den grauen Himmel und die bittere Einsamkeit für Stunden vergaß.

Am nächsten Tag schien die Sonne wieder. Adoniram zog es ins Freie. Silberne Tropfen glänzten an Bäumen und Sträuchern und funkelten im Schein der Sonne wie Diamanten. Versunken ging Adoniram verschwiegene Wege, bis er zu einem stillen Teich kam. Ringsum ragten Bäume zum Himmel und bildeten einen majestätischen Dom. Moosbewachsene Stufen führten zum Wasserspiegel hinab, bunte Blumen säumten das Ufer.

Adoniram setzte sich ins Gras und genoß die Schönheit ringsum. Das kühle Wasser lockte. Er besann sich nicht lange und nahm ein Morgenbad. Erfrischt stieg er bald darauf ans Ufer. Eilig kleidete er sich an. Kaum war er fertig, als Schritte hörbar wurden.

Ein Mönch kam den schmalen Pfad entlang. Seine Augen schienen in weite Fernen zu blicken; das Gesicht sah gequält und müde drein. Adoniram erkannte den Oberpriester des nahen Klosters, den Gaing-ok, und ging ihm rasch entgegen. Der Mönch schaute auf. Zornig blitzten seine Augen, als er den Missionar vor sich sah.

»Was tut Ihr hier?« herrschte er ihn an. »Der Teich gehört zum Kloster, und überdies sind seine Wasser heilig. Kein Fremdling hat an diesem Platz etwas zu suchen!« Der Gaing-ok reckte seine hohe Gestalt, erhob gebieterisch die Hand und sagte in hartem Befehlston: »Sofort räumt Ihr den Platz!«

Adoniram zog es wieder wie nach dem ersten Zusammentreffen mit unwiderstehlicher Gewalt zu dem hageren, traurigen Manne hin. Brüderlich streckte er seine Hände aus und sagte:

»Traurig, o Gaing-ok, ist es, daß wir uns immer an Plätzen begegnen, wo Ihr mich wegschicken müßt. Ich werde hier bestimmt nicht mehr baden, wenn diese Wasser in Euern Augen heilig sind. Aber erfüllt mir eine Bitte, Gaing-ok. Ich weiß durch Maung Sway-gnong, wie gelehrt Ihr seid. Nun wünsche ich mir sehr, von Euch in manche Weisheit eingeführt zu werden. Das wäre ein ungeheurer Vorzug für mich.«

Es war, als leuchte plötzlich unter dem strengen Gesicht des Mönches ein anderes hervor – ein Antlitz voll Anteilnahme und Güte. Aber sofort war es wie weggewischt. Unversöhnlich klang die Stimme, als der Mönch nun sagte:

»Schweigt mir von Maung Sway-gnong! Er ist ein Abtrünniger. Und zudem darf er Euch nicht weiter unterrichten; ich werde es ihm verbieten. Ihr sollt nicht unsere Sprache lernen und uns von Euern Göttern sagen.«

Erschrocken hatte Adoniram zugehört. Nun sagte er bittend: »Laßt mir doch Maung Sway-gnong, meinen Lehrer! Ich brauche ihn so nötig hier.«

Die Augen des Mönches funkelten. »Ihr dürft ihm aber nichts von Euerm Gott erzählen. Und wehe Euch, wenn Ihr ihn für Euern Gott gewinnen wollt! Ich würde Euch verklagen, und Ihr müßtet Burma auf dem schnellsten Wege verlassen. Mein Wort gilt beim Vizekönig.« Der Gaing-ok ließ den Missionar nicht aus den Augen. Antwort heischend blieb er vor ihm stehen. Fanatisch glühten seine Augen in dem dunklen Gesicht.

Adoniram stand unbewegt. Aus seinen Augen leuchtete ein kühner Glaube. Wieder streckte er die Hand dem Mönch entgegen, dann sagte er schlicht: »Ihr könnt mich töten lassen oder aus dem Land verweisen. Aber eins müßt Ihr wissen: Mit mir sind Gott und Christus nach Burma gekommen. Und wenn *ich* auch vertrieben würde – Gott und sein Sohn Jesus Christus lassen sich nicht vertreiben. Die werden hier in Burma bleiben.«

Fassungslos schaute der alte Mönch in die begeisterten Züge des jungen Missionars. Dann wandte er sich stumm zur Seite und verschwand im Dunkel der Bäume.

Adoniram blickte in das stille Wasser zu seinen Füßen; aber seine Gedanken wanderten mit dem Mönch, der ihm den Kampf angesagt hatte.

Maung Sway-gnong war sehr erschrocken, als ihm der Missionar am Nachmittag von der Begegnung am Teich erzählte. Zerstreut erteilte er seinen Unterricht, gab auf Adonirams Fragen völlig verkehrte Antworten und ging nach der Stunde in großer Eile dem Kloster zu.

Umsonst wartete der Missionar in den nächsten Tagen auf seinen Lehrer. Maung Sway-gnong war verschwunden. Alle Nachfragen blieben erfolglos. Adoniram vermißte ihn schmerzlich; er hatte den scheuen, höflichen, undurchdringlichen Mann lieben gelernt. Nun fehlte ihm ein Freund.

Auch sein Sprachstudium machte ihm Sorgen. Kein Fremdling konnte ohne Hilfe in die geheimnisvolle Sprache eindringen.

Vierzehn Tage waren seit Maung Sway-gnongs Verschwinden vergangen. Da erschien ein leutseliger Burmese bei Adoniram und stellte sich als sein neuer Sprachlehrer vor. Der Vizekönig habe ihn gesandt.

Mit Feuereifer machte sich Adoniram hinter das vernachlässigte Studium. Der neue Lehrer nahm es sehr genau. Grammatik wurde gepaukt, das Wörterbuch nach allen Richtungen hin durchgeackert, daneben erzählte der Burmese allerhand lustige Geschichten. Und eines Tages brachte er ein neues Buch mit: die Lehre des Buddha Gautama.

Bis tief in die Nächte hinein vergrub sich Adoniram in die Weisheit Buddhas, des Erleuchteten. Aufatmend hielt er im Lesen immer wieder inne. Buddha war anders, als er ihn sich gedacht hatte. Eine Seele hatte er, so groß und zart, daß kein denkender Christ ihn verachten durfte. Und hohe sittliche Forderungen stellte er, die durchaus im Einklang mit dem Christentum standen. Adoniram las mit brennenden Augen, bis fahle Dämmerung den nahenden Tag verkündete.

Der neue Lehrer freute sich über seinen wissensdurstigen Schüler. Er sprach mit ihm die Lehre vom Karma durch; er empfahl ihm das Meditieren über die Gottheit, die Versenkung, die alles törichte, menschliche Wünschen in die Tiefen des Alls versinken lassen würde.

Adoniram empfand nach solch tiefsinnigen Gesprächen mit Schrecken, daß nur von Buddha Gautama geredet worden war. Dann versuchte er mit großem Eifer, den Burmesen mit den Grundgedanken des Christentums bekannt zu machen.

Aber der Lehrer lachte ihn nur aus. Mit Stolz und Würde erklärte er Adoniram, daß Buddha Gautama ihn erleuchtet habe; mehr brauche er nicht. Zudem sei die Lehre Buddhas so gewaltig, daß die Lehre vom Christentum gar nicht dagegen ankommen konne.

Wie ein Sieger schritt der Burmese nach solchen Auseinandersetzungen die Verandastufen hinab. Seine Gedanken kreisten dann um den Missionar. Warum sollte man dem Fremdling erlauben, seinen Gott dem Burmesenvolk zu bringen? War es nicht besser, den Weißen mit Buddha

Gautama bekannt zu machen? Vielleicht würde es dann so weit kommen, daß der fremde Mann die Religion des Landes annähme und dabei glücklich würde.

Adoniram kämpfte gegen die Einsamkeit; er kämpfte gegen die Versuchungen, die verlockend aus der fremden Religion aufstiegen. Darum machte er sich mit noch größerem Eifer als bisher an die Übersetzung des Matthäus-Evangeliums. Nächtelang schrieb er und legte des Morgens das Geschriebene seinem Lehrer vor. Der las mit besonderem Lächeln die Jesusgeschichte, hatte vieles daran zu korrigieren, setzte neue Sätze ein, strich durch, wo es ihn gut dünkte, und gab das Manuskript mit lässiger Miene seinem Schüler zurück.

Eines Tages aber verschwand auch dieser Lehrer. Er müsse mit dem Vizekönig nach Amarapura, erklärte er seinem Schüler.

Höflich verabschiedete er sich und ging mit gewichtigen Schritten der Stadt zu.

Adoniram sah ihm nach. Dann stöhnte er auf. Wie einsam war er, wie sterneneinsam! Hoffnungslosigkeit überfiel ihn. Anne war von ihm gegangen; seine Lehrer ließen ihn im Stich. Zudem kannte er in ganz Rangun keinen Menschen, der von Jesus Christus etwas wissen wollte. Sie beteten Buddha Gautama an; sie opferten ihm im Heiligtum – was brauchten sie mehr?

Die Dämmerung brach ein. Ma Carey schlich zum Geisterhäuschen. Sie murmelte etwas von kommenden Schatten, legte ein paar Reiskörner in die Schale und verschwand ebenso leise, wie sie gekommen war.

Ruhig hoben die Bäume ihre Kronen zum Nachthimmel empor. Ruhelos schritt Adoniram unter ihnen dahin. Wer nahm ihm seine Sehnsucht? Wer half ihm aus der Hoffnungslosigkeit? Wer gab ihm bleibenden Frieden?

Irgendwo in den Büschen sang die Nachtigall. Es war, als hätte sie die Sehnsucht des ruhelosen Mannes in sich aufgenommen.

Ein törichter Wunsch stieg in Adoniram auf. Ein buddhistischer Mönch wünschte er zu sein. Dann würde er in tiefes Nachdenken versinken, das ruhevolle Bild Buddha Gautamas vor sich sehen und im Anschauen versunken das Unerreichbare, Niegekannte sehen und erleben. Den Frieden? – Das ewige Glück?

Adoniram glitt in einen Dämmerzustand hinein. Da fing über der Spitze des Kasuarinenbaums ein Licht zu funkeln an – der Abendstern. Adoniram riß die schlafmüden Augen auf. Er faltete seine Hände. Und im Gebet fand die unruhige Seele den Heimweg aus törichten Wünschen und ruhte aus bei Gott.

Leise ging Adoniram die Stufen zur Veranda empor, dann trat er in sein kleines Arbeitszimmer. Schaffenslust überfiel ihn, er wollte das Matthäus-Evangelium beenden.

Wie angewurzelt blieb er stehen. Ein Mann saß an seinem Schreibtisch.

Entrüstet wollte er auf den Eindringling losgehen, da drehte sich dieser um. Adoniram schaute in ein kluges Gesicht, in müde, traurige Augen – mit einem Freudenschrei streckte er dem Mann beide Hände entgegen und rief beglückt: »Maung Sway-gnong, wo kommen Sie her? Sie hat Gott geschickt!«

Maung Sway-gnongs Augen wurden hell. Aber nur für Augenblicke. Von neuem senkten sich Schatten darüber. »Ich war lange krank, mein Schüler«, sagte er mit leiser Stimme. »Aber fragen Sie nicht weiter; nun bin ich wieder hier.«

Adoniram sah besorgt in das Gesicht des Lehrers. Ob er wirklich krank gewesen war? Ob ihn nicht eher der Gaing-ok weggelockt und hinter Klostermauern verborgen gehalten hatte?

Maung Sway-gnong senkte die Augen, dann sagte er rasch: »Ich möchte Ihre Manuskripte sehen.«

Adoniram holte sein Matthäus-Evangelium. Er legte

es vor seinen Lehrer hin und sagte beglückt: »Maung Sway-gnong, die Jesus-Geschichte in Ihrer Sprache. Es ist die schönste Geschichte, die ich kenne.«

Eilig griff der Lehrer nach dem Manuskript. Seine klugen Augen überflogen die Zeilen. Neugier lag auf seinem Gesicht, dann Staunen; interessiert griff er nach dem zweiten Bogen – da glitt ein Schmunzeln über sein Gesicht; dann begann er laut und respektlos zu lachen.

Adoniram war empört. »Hier gibt es nichts zu lachen!« rief er. »Geben Sie mir das Manuskript, wenn Sie so wenig Ehrfurcht vor der Jesus-Geschichte haben!«

Maung Sway-gnong wurde sofort ernst. »Sie haben sehr seltsame Ausdrücke gewählt«, der Lehrer zeigte auf den Bogen: »Hier – und hier –, das sind Worte, die etwas Schönes bedeuten können, die aber in der Verbindung, wie Sie sie angewandt haben, sehr niederträchtige Dinge meinen. Wie kommen Sie nur darauf?«

»Mein Ersatzlehrer hat mich diese Wendungen gelehrt und sie auch hineinkorrigiert.«

Maung Sway-gnongs Gesicht sah plötzlich zornig drein. »Der Schuft! Der Schuft!« schrie er. »Er hat Sie irregeleitet! Falsche Worte hat er Sie gelehrt!« Aufgeregt fuhr der Zeigefinger des Gelehrten über die Seiten. »Sehen Sie«, rief er, »wieder Worte, die eine ganz unsaubere Bedeutung haben. Und hier« – der Lehrer stöhnte auf – »wer diese Sätze liest, der wird sagen, eine solche sinnlose, dumme Geschichte habe er noch nie gehört.«

Adoniram zuckte zusammen. Sein Gesicht war bleich. Die Jesus-Geschichte, die herrlichste Geschichte, die es gab, hatte ein Schuft in den Schmutz gezogen. Und er hatte nächtelang darüber gesessen und seine ganze Liebe mit hinein geschrieben.

Bitterkeit zog durch seine Seele. Nutzlos schien hier alles, was man tat. Christus machten sie lächerlich, damit er Buddha, den Erleuchteten, niemals stürzen konnte. Mutlos ließ der Missionar die Schultern hängen – ja,

Buddha Gautama war stark, und seine Anhänger fochten mit listigen Waffen für seine Ehre.

Maung Sway-gnong, der gefallene Mönch, sah mitleidig auf seinen Schüler. Dann sagte er tröstend: »Das bringen wir in Ordnung, gleich morgen. Ich hätte ja gerne mit Ihnen die Geschichte der Kaiserin Shin-saw-bu gelesen; nun arbeiten wir eben an Ihrer Jesus-Geschichte.«

Adoniram begleitete seinen Lehrer durch den Garten. Dann schloß er seine Manuskripte ein und legte sich schlafen. Ein Gedanke verfolgte ihn bis in die Träume hinein. Nun mußte Maung Sway-gnong die ganze Jesus-Geschichte lesen; vielleicht würde sie ihm so stark ans Herz greifen, daß er Christ würde.

Verstohlen huschte Maung Sway-gnong am nächsten Morgen durch den Garten; heimlich verließ er das Missionshaus im Schatten der Nacht. Es war, als müsse er sich verbergen, aber kein Wort davon fiel zwischen ihm und seinem Schüler. Nur *ein* Gesprächsthema gab es für die beiden: das Matthäus-Evangelium. Unentwegt arbeitete Maung Sway-gnong mit dem Missionar daran, bis er eines Tages den letzten Bogen weglegte und aufatmend sagte: »Nun sind wir fertig.« Er machte eine kleine Pause, dann sprach er zögernd weiter: »Mein Schüler, Ihre Jesus-Geschichte ist die bewegendste Gschichte, die ich je gelesen habe. Ich glaube fast, sie könnte auch einen Buddhisten froh machen.«

Adoniram strahlte übers ganze Gesicht. »Wie gut, daß Sie das erkennen, mein Lehrer«, sagte er glücklich. »Wir wollen Abschriften machen; die geben Sie Ihren Freunden weiter. So wird die Jesus-Geschichte hier bekannt.«

Der Lehrer schüttelte ängstlich den Kopf. Abwehrend hob er die Hände. »Nein! Nein!« rief er verzweifelt. »Was ich nun weiß von Jesus Christus, das muß ich ganz für mich behalten. Ich darf es niemand weitersagen.«

Maung Sway-gnongs Stimme war immer ängstlicher geworden. Nun hielt er ein Weilchen inne. Dann flüsterte er voll Furcht: »Der Gaing-ok würde mich abschlachten. Er wacht über Buddha und seine Ehre. Kein einziger Buddhist darf die Jesus-Lehre annehmen. Und wer sie kennt, muß sie für sich behalten.«

Adoniram sagte traurig: »Der Gaing-ok ist keine so gütige Seele, wie sein Buddha Gautama es war.«

Der Burmese antwortete: »Der Gaing-ok ist durch und durch ein Mönch. Wenn er Buddha schützt, wird er nach diesem Leben direkt in das Nichts eintauchen.« Maung Sway-gnong seufzte tief auf und fuhr dann fort: »Oh, wäre es bei mir auch soweit! Aber ich muß meine bösen Taten noch in meinem weiteren Leben abbüßen.«

Da wies ihn Adoniram auf den Mann hin, der am Kreuz die Schuld der Welt getragen hat.

Aber Maung Sway-gnong sah traurig vor sich hin. Dann meinte er bekümmert: »Mein Schüler, Ihre Jesus-Geschichte greift mir ans Herz. Aber liegt in der Lehre von der Vergeltung und Wiedergeburt nicht mehr Gerechtigkeit als in der sanften Lehre von der Vergebung?«

Still war es um die beiden Männer, bis Adoniram sagte: »An die Vergebung muß man glauben; man kann sie nicht begreifen.« Maung Sway-gnong schüttelte ratlos den Kopf. Dann griff er nach einem Buch. Und wieder beugten sich zwei Köpfe über krause Schriftzeichen – dem Missionar taten sich neue Wissensgebiete auf. Lehrer und Schüler vergaßen das Drohen des Gaing-ok, bis draußen die Nacht herabsank. Erschrocken fuhr Maung Sway-gnong mitten im Satz auf, murmelte ein Abschiedswort und verschwand lautlos zwischen den Bäumen.

»Ein Freund ist er mir geworden«, dachte Adoniram bewegt, »der erste hier. Vielleicht darf ich ihm auch als dem ersten die Taufe geben.« Und er sehnte die Zeit herbei, da mit Maung Sway-gnong noch andere ins Missionshaus kämen, um die »bewegendste« aller Geschichten zu hören: die Jesus-Geschichte.

Zwei Tage später lag die »Georgiana« vor Anker. Das gute, alte Schiff brachte Anne mit. Am Landesteg wartete Adoniram. Lange Wochen hatte er ohne seine treue Weggefährtin gelebt; kaum konnte er glauben, daß nun die Einsamkeit ein Ende hatte.

Und dann stand Anne plötzlich vor ihm, mit den strahlendsten Augen, die er je an ihr gesehen hatte. Zwei glückliche Menschen zogen Arm in Arm durch Ranguns Straßen.

# Der weite Weg zu Christus

Wochen und Monate gingen vorüber. Über Annes glückstrahlenden Augen lag ein Schatten. Ihr Kind, ihr Sonnenschein, war ihr mit acht Monaten wieder genommen worden. Nun wölbte sich ein kleiner Hügel unter dem Kasuarienbaum, und in den Zweigen sangen buntgefiederte Sänger dem kleinen Schläfer ein zartes, feines Lied.

Stumm vor Schmerz saß Adoniram über seinen Büchern. Gewiß, er hatte seine Anne noch – das Liebste, Beste, was es gab – aber er sehnte sich nach dem kleinen Jungen, nach den sonnigen Kinderaugen, nach dem hellen Stimmchen, nach dem jauchzenden Lachen, das jeder im Missionshaus so gern gehört hatte.

Auch Maung Sway-gnong trauerte. Er hatte den fröhlichen kleinen Jungen sehr lieb gehabt. Nun half er dem Vater über den ersten Schmerz hinweg. Drei Tage nach der Beerdigung brachte er ein kleines Buch. Feierlich legte er es vor Adoniram hin und sagte: »Was ich hier bringe, ist eine der lieblichsten Geschichten der Buddhisten: Das Zwiegespräch zwischen dem Erhabenen und dem Hirten.« Der Lehrer öffnete das Buch, dessen einzelne Seiten aus reinster Seide hergestellt waren. Er schlug die erste Seite auf und sagte: »Nun lesen Sie, mein Schüler.«

Gehorsam begann Adoniram: »Ich habe den Reis gekocht, ich habe die Kühe gemolken – so sprach der Hirte Dhaniya. Ich wohne mit meinen Gesellen nahe am Ufer des großen Mahi-Flusses; das Haus ist gedeckt; das Herdfeuer brennt; nun regne, Himmel, wenn du willst!«

Die Antwort las Maung Sway-gnong: »Ich bin frei von Zorn, frei von Widerspenstigkeit – so sagte der Erhabene. Ich bleibe eine Nacht nahe beim Strande des großen Mahi-Flusses; mein Haus hat kein Dach – das Feuer der Leidenschaft ist erloschen; nun regne, Himmel, wenn du willst!«

Adoniram vergaß seinen Schmerz ein wenig. Sein trauriges Gesicht hellte sich auf. Die Schönheit der Sprache packte ihn; und irgendwie beruhigend wirkten die klugen, abgeklärten Worte Buddha Gautamas.

Tag für Tag versenkte er sich mit seinem Lehrer in die tiefen »Gespräche des Erhabenen mit dem Hirten«; aber des Abends nahm er seine Bibel zur Hand, las mit Anne die unvergleichlichen Jesusworte und wußte, daß sie stärker und tröstender, lebendiger und unvergänglicher waren als Buddha Gautamas Worte voller Schönheit und Glanz.

Adoniram konnte es kaum fassen: Die Missionsleitung daheim hatte ihm Mitarbeiter zugesagt. Und eines Tages, als Rangun das »Fest der Freude« feierte, als singende, lachende Menschenmengen durch die Straßen wogten, zog der Buchdrucker Hough mit seiner Frau im Missionshaus ein.

Wie Kinder freuten sich Anne und Adoniram. Frau Hough mußte vom Heimatland erzählen; Anne fielen immer neue Fragen ein. Der Buchdrucker aber zeigte dem Missionar seine Druckerpresse mit den Typen in der Landessprache Burmas. Adoniram stand glückstrahlend davor. Nun mußte man das Matthäus-Evangelium nicht mehr abschreiben; in vielen hundert Exemplaren würde es bald von Hand zu Hand wandern, und dann – dann würde für Burma ein Neues beginnen: Gemeinde unter einem Herrn, unter Jesus Christus.

Die Nacht kam. Allein saß Adoniram auf der Veranda. Versonnen schaute er in den stillen Garten, der vom Mondlicht überflutet war. Hellglänzend ragten die Palmen zum Nachthimmel empor. Zitternde Lichter spielten auf Büschen und Hecken, als feierten Bäume und Blumen ein Fest. Adonirams Augen schweiften über den verzauberten Garten hin. Aus ihnen sprach ein stilles Glück: Mitarbeiter, Freunde, Fortschritte in der Sprache, Druckmöglichkeiten – für die Christusbotschaft in Burma schien der Weg geebnet zu sein.

Adoniram erhob sich. Über den Garten hinweg gingen

seine Blicke und blieben staunend an der Shwe-Dagon hängen, die in märchenhafter Pracht weit im Hintergrund emporragte. Wie ein Dom aus Silber war der Tempel anzusehen, überströmt von tausend Lichtstrahlen. Und über dem Heiligtum streckte sich einer flimmernden Nadel gleich die Spitze zum schweigenden Himmel empor.

Adoniram wandte sich plötzlich ab und ging gedankenvoll ins Haus zurück. Zweifel überfielen ihn. Konnte neben Buddhas herrlichem Tempel ein Kirchlein mit dem Kreuz bestehen? Er fand keine Antwort.

George Hough ging am nächsten Tag schon an die Arbeit. Maung Sway-gnong stand staunend vor der Druckerpresse und verfolgte mit fieberhafter Spannung die Entstehung der ersten Druckbogen. Und konnte es kaum fassen, als er nach einer Woche das fertige Evangelium in den Händen hielt. Hatte er nicht daran mitgearbeitet? Wäre ohne ihn überhaupt eine Übersetzung möglich gewesen? Glücklich hielt er das erste fertige Werk wie einen Schatz in den Händen und brachte es Adoniram. Seine Stimme zitterte vor Bewegung, als er sagte: »Mein Schüler, ist diese Schrift nicht unser Kind?«

Auch Adoniram war bewegt. Er schrieb des Lehrers Namen auf das erste Exemplar und sagte: »Ihnen, mein Lehrer, sollen diese ersten Druckseiten gehören. Es ist ein kleiner Dank für Ihre Mühe.«

Maung Sway-gnong beugte sich über die kostbare Schrift. Mit behutsamen Fingern strich er darüber, dann schaute er seinen Missionar aus bangen Augen an, legte die Schrift auf den Tisch und sagte traurig: »Ich darf die Jesusgeschichte nicht an mich nehmen. Es ist zu gefährlich. Wenn der Gaing-ok sie bei mir finden würde, dann dürfte ich nie mehr zu Ihnen kommen.«

Das Gesicht des Burmesen sah sehr bekümmert aus. Tröstend sagte Adoniram: »Sie brauchen das Buch nicht mitzunehmen, wenn Sie sich fürchten. Sie tragen die

Worte ohnehin in Ihr Gedächtnis eingebrannt. Wir haben doch monatelang daran gearbeitet.«

Maung Sway-gnong schaute auf, griff nach der Schrift, blätterte liebevoll darin und murmelte: »Wie gerne würde ich die Schrift behalten, aber – die anderen würden mich foltern.«

Adoniram riß den Lehrer aus seinem Selbstgespräch: »Und wenn man Sie nun fragen würde, ob Sie glauben, was in dieser Schrift geschrieben steht? Mein Lehrer, würden Sie dann bekennen?«

Maung Sway-gnong starrte entsetzt nach dem Missionar. Dann schrie er laut: »Nichts glaube ich, was in dem Buch geschrieben steht; kein einziges Wort davon!« Das Heft flog auf den Tisch zurück; Maung Sway-gnong ging erregt zur Tür und verschwand lautlos wie immer.

Adoniram nahm die verschmähte Schrift in seine Hand und blickte traurig darauf nieder. Wie lange hatte er darüber gesessen! Wie mühsam war das Sprachstudium gewesen! Und nun wollte nicht einmal sein Lehrer etwas davon wissen – aus Angst vor Folterqualen.

Tatenlos saß Adoniram an seinem Schreibpult. Drei lange Jahre lebte er nun hier – es war ein weiter Weg in Burma, der Weg zu Christus. War es nicht nutzlos, weiter zu arbeiten? Vielleicht. Und doch – in Adonirams Augen zeigte sich ein Hoffnungsschimmer. Gott hatte ihn nach Burma gesandt. Und zur Zeit war niemand anders da, um Burma zu Christus zu führen, als er, der Missionar Adoniram Judson.

Am nächsten Abend war das Heft von Adonirams Schreibpult verschwunden. Maung Sway-gnong, der zaghafte, ängstliche Burmese, hatte es an sich genommen und damit den ersten Schritt zu Christus hin getan.

Mit dem zweiten Exemplar des Evangeliums wanderte Adoniram durch die Straßen und drückte es dem ersten Burmesen, der ihm begegnete, in die Hand. Erstaunt nahm der Mann das Schriftstück und ging damit der Shwe-Dagon zu. Lange sah Adoniram ihm nach. Was würde wohl mit dieser Schrift geschehen? Erreichte sie einen Leser? Am nächsten Tag stand der Mann vor dem Missionar und fragte mit ernster Miene: »Wer ist dieser Jesus, o fremder Schreiber?«

Adoniram konnte es nicht verhindern, daß seine Augen sich mit Tränen füllten. Endlich – endlich fing Burma an, nach Jesus zu fragen. Er wollte gerne Antwort geben. Auf der Matte saßen die beiden, und Adoniram erzählte begeistert von dem Gottessohn.

Nachdenklich sah der Burmese auf den Weißen. Dann fragte er: »Wie lange brauche ich, um die Religion dieses Jesus zu lernen?«

Adonirams Herz begann zu klopfen, in frohen, schnellen Schlägen. Hier saß ein Mann vor ihm und wollte die Lehre von Jesus annehmen. Er antwortete: »Wenn Gott die Weisheit gibt, dann ist die Religion Jesu rasch gelernt.«

Weiter fragte der Burmese; unermüdlich antwortete der Missionar. Dann erhob sich der Besucher. »Ich sehe, Ihre Lehre ist keine Religion für Dummköpfe. Was Sie von Ihrem Gott gesagt haben, erfordert viel Nachdenken. Ich brauche Zeit dazu. Darum gehe ich, fremder Lehrer.« Und der Fragesteller ging langsam die Verandastufen hinab; Adoniram hielt ihn nicht.

Umsonst schaute er in den nächsten Tagen nach dem Burmesen aus; er kam nicht wieder. Ja, es war ein langer Weg in Burma – der Weg zu Christus.

# Wer ist dein Gott?

Mitten unter Klöstern, Geisterschreinen, niedrigen Pagoden und Götzenbildern stand ein neues kleines Haus, das sehr ähnlich aussah wie die Rasthäuser oder »Zayate« der Burmesen. Adoniram war immer interessiert an diesen Rasthäusern vorübergegangen, die von den Buddhisten zu stillem Gebet und Nachdenken aufgesucht wurden. Nun hatte er für seine Arbeit selber solch ein Haus gebaut. Von hier aus wollte er das Evangelium sagen; hier sollte seine Predigtstätte sein.

Anne sah entzückt das kleine, bambusgedeckte Haus an. Unsere erste Kirche, dachte sie und ging über die Veranda durch den Raum, der für den öffentlichen Gottesdienst bestimmt war. Ein wenig bang war ihr zumute. Sie sah auf Adoniram und fragte: »Don, was wird der Vizekönig sagen oder der Gaing-ok, wenn du das Evangelium von Jesus öffentlich verkündigst?«

Adoniram schaute mit ernsten Blicken über die Straße, die zur Shwe-Dagon führte. Es würde Kampf geben – gewiß. Bisher war die Jesuslehre im Missionshaus behütet gewesen, nur seine Bewohner hatten von ihr gehört und Maung Sway-gnong. Der aber trug die fremde Lehre wohlverwahrt in seinem ängstlichen Herzen. Jetzt aber sollte die frohe Botschaft vom Heil seinen Weg in die Herzen und Häuser Ranguns finden.

Der Missionar blickte von der flimmernden Straße auf und wandte sich seiner Frau zu. »Ich muß mit Predigen anfangen«, sagte er, »nun kann ich keine Rücksichten mehr nehmen. Vizekönige oder keine Vizekönige, Gaing-oks oder keine Gaing-oks, Buddhas oder keine Buddhas – ich kenne nur noch einen Befehl: Lehret alle Völker! Anne, ob sie hören werden?«

Anne drückte schweigend die Hand ihres Mannes. Miteinander schauten sie über die Straßen Ranguns, auf der die Menschenmengen wogten – alle einem Ziele zu und doch alle so ziel- und heimatlos.

Am Sonntag darauf hielt Adoniram mit seinen Hausgenossen den ersten Gottesdienst im Zayat. Dann setzte er sich der Straße zu auf eine ausgebreitete Matte und schaute gesammelt auf die Menschen, die an seinem kleinen Haus vorüberzogen.

Kaum einer sah nach dem Mann auf der Veranda. Bis plötzlich von dorther eine einladende Stimme rief. Da fuhren die Köpfe herum, Männer und Frauen schauten neugierig zu dem weißen Mann hinauf, der mit großer Herzlichkeit ihnen zurief: »So spricht der Herr: Wen da dürstet, der komme zum Wasser und trinke, und wer kein Geld hat, der komme und kaufe und esse! Kommt, kauft Wein und Milch ohne Geld und ohne Zahlung. Neigt euer Ohr und kommt zu mir; hört, und eure Seele wird leben; und ich will einen ewigen Bund mit euch schließen. Suchet den Herrn, solange er zu finden ist; rufet ihn an, dieweil er nahe ist!«

Adoniram schwieg und wartete. Vom nahen Kloster her hörte man Sprechchöre; kleine Jungen wiederholten Buddha Gautamas Worte. Burmesen saßen unter einem Feigenbaum und unterhielten sich laut über die »unanständige« Kleidung des »fremden Tiers«. Vornehme Herren mit Dienern schritten eilig vorüber und warfen verächtliche Blicke nach dem weißen Mann. War niemand da, den dürstete?

Ein Trupp Männer kam des Weges. Ob sie die Botschaft hören würden? Laut und langsam rief Adoniram in die Schar hinein: »Der Böse lasse von seinem Wege und der Übeltäter von seinen Gedanken und kehre sich wieder zum Herrn, und er wird sich seiner erbarmen, und zu unserm Gott, und er wird ihm reichlich vergeben.«

Die Männer blieben stehen. Lebhaft redeten sie aufeinander ein. Neugierige Blicke trafen den Missionar. Dann zog der Trupp weiter. Lachende Gesichter schauten zurück, spöttische Worte flogen zur Veranda hin – neue Menschen tauchten auf und verschwanden wieder. Ihnen allen wurde das Angebot Gottes gebracht.

Am späten Abend ging der Missionar müde durch seinen Garten. Ein Tagewerk war getan, ein offenes Bekenntnis abgelegt worden – aber wer hatte gehört?

Unwillkürlich wandte Adoniram den Kopf zur Shwe-Dagon, die im Mondlicht herrlicher als je erglänzte. Dort hatte Buddha Gautama sein Heiligtum; Christus aber ging heimatlos durch Burma, und keiner, kein einziger gab ihm Wohnrecht in seinem Herzen. »Oh, Buddha Gautama«, flüsterte der Missionar, »dir opfern die Menschen, dir bringen sie sich selber dar. Und was bekommen sie von dir?« Des Missionars Stimme wurde lauter. Seltsam bewegt klang sie durch die Nacht: »Du gibst ihnen weise Lehren; aber höre, Prinz Gautama, von Philosophie allein können die Menschen nicht leben, und damit allein sollen sie auch nicht sterben. Wenn du den Menschen den wahren Gott nicht bringst, mein Prinz, werden Dämonen aus ihnen.«

Ein Schatten bewegte sich neben dem Kasuarinenbaum. Vor Adoniram stand plötzlich ein Mann mit dunklen, fragenden Augen: Maung Sway-gnong. Er war die letzten Wochen wieder weg gewesen. Wo, hatte kein Mensch erfahren können. Aber nun stand er vor seinem Schüler und sagte erstaunt: »Sie beten zu Buddha Gautama, Sie, ein Bringer der Jesuslehre?«

»Ich bete nicht zu ihm«, gab Adoniram lächelnd zur Antwort, »er lebt ja nicht. Und dennoch – er ist ein gefährlicher Gegner.« Und Adoniram erzählte von seinem Tagewerk im Zayat, von der Gottesbotschaft, die gesagt wurde und die doch keiner hören wollte.

Maung Sway-gnong stützte den Kopf in beide Hände. Dann sah er dem Missionar offen ins Gesicht und sagte: »Mein Schüler, mich treibt eine Frage zu Ihnen. Die hat mir keine Ruhe gelassen auf meiner weiten Reise.« Er schwieg eine Weile und fuhr dann leise fort: »Ich war auf der Flucht vor der ›Goldenen Gegenwart‹, dem König in Amarapura. Der Gaing-ok hat mich bei ihm verklagt. Nun aber bin ich wieder hier.«

Adoniram schaute in die angstvollen Augen seines Lehrers und sagte tröstend: »Was gibt es denn zu fürchten? Gott kann auch Sie beschützen.«

Da hob der Burmese sein Gesicht, das ruhelos und unglücklich aussah, und fragte atemlos: »Wer ist denn Gott? Ich muß es wissen. Nur darum bin ich heimgekehrt.«

Unter den schweigenden Bäumen gingen die beiden Männer durch den Garten, und Adoniram versuchte, dem Burmesen die Frage nach Gott zu beantworten. Immer wieder schüttelte Maung Sway-gnong das Haupt. Gott – ein Wesen ohne Anfang und ohne Ende – schien ihm unfaßbar. Er zeigte auf die Shwe-Dagon und sagte: »Unseren Gott kann ich begreifen. Dort, in seinem Tempel steht er, der sanfte Herr des Mitleids. Der einfachste Mann unter uns kann sich dort mit ihm verbinden. Aber euer Gott?«

Prüfend, forschend senkte der Burmese seine Blicke in Adonirams Augen. Beschwörend klang seine Stimme, als er nun fragte: »Noch um eins bitte ich Sie – Wahrheit sei zwischen uns – sagen Sie mir: Ist Ihre Seele in Gemeinschaft mit Gott?«

Adoniram schwieg. Lauschte er in sein Innerstes hinein? Oder hielt ihn das Lied der Nachtigall, das von Ferne erklang, in Bann? Maung Sway-gnong wartete. Ruhig und doch in verzehrender Ungeduld. Alles hing für ihn von einer klaren Antwort ab. Endlich brach der Missionar das Schweigen: »Maung Sway-gnong, ich vertraue meinem Gott uneingeschränkt. Ich glaube an ihn ohne Zweifel und ohne Wanken. Aber er bleibt für mich der Große, Unerkennbare. Ich fasse ihn nicht.«

Adoniram seufzte tief auf. War das sein ganzes Glaubensbekenntnis? Klang es glaubwürdig? Konnte es einen Buddhisten überzeugen? Fragend sah er seinen Lehrer an – und konnte den Blick nicht von ihm wenden; denn über dem melancholischen Gesicht Maung Sway-gnongs lag ein Leuchten, wie es Adoniram noch nie an ihm gesehen hatte.

Beide Hände streckte der Buddhist dem Missionar entgegen. Froh rief er: »Sie sind aufrichtig, mein Schüler! Nur ein großer Lehrer ist wahrhaftig! Meister, Sie haben meinen letzten Zweifel beseitigt, der dem Glauben an Gott im Wege stand. Wenn *Sie* glauben können, ohne zu verstehen, dann kann ich es auch. Nur – Christus kann ich nicht als Gott annehmen. Er war einer wie Buddha Gautama.«

Adoniram stand erschüttert seinem Lehrer gegenüber. Kein Wort konnte er hervorbringen. Nach langen Jahren wagte es einer – endlich – seinen Glauben an den lebendigen Gott zu bekennen. Es war ihm, als leuchte schüchtern zwischen grauen Wolken verheißungsvoll ein Sonnenstrahl.

Maung Sway-gnong ging in die Nacht hinaus. In seinem Herzen waren die Zweifel zur Ruhe gekommen. Es gab einen Gott, lebendiger und mächtiger als Buddha, einen ewigen Gott, ohne Anfang und ohne Ende. Man konnte ihn nicht erfassen; man würde ihn nie begreifen. Aber – Wunder über Wunder – man durfte an ihn glauben, ohne ihn ergründen zu können.

Gespenstisch lockend flimmerte die goldene Turmspitze der Shwe-Dagon. Maung Sway-gnong sah sie nicht; er hielt Zwiesprache mit dem unsichtbaren und doch so gegenwärtigen Gott.

## Die Taufe am Lotosteich

Maung Nau, der Gärtner, stand zögernd vor dem Zayat seines weißen Herrn. Er mußte hinein, heute noch, sonst würde er keine Ruhe finden.

Drinnen saß Maung Sway-gnong neben Adoniram auf der Matte. Behutsam löste Maung Nau die Sandalen von den Füßen und setzte sich schweigend zu den beiden. Aufmerksam folgte er dem Gespräch; doch was da von Sünde und Gnade gesprochen wurde, verstand er nicht. Ein Satz aber traf ihn. Maung Sway-gnong sagte auf eine Erklärung des Missionars: »Ich habe Kenntnis, ja. Aber hier ist wahre Weisheit.«

Maung Nau sah bittend seinen Herrn an und wagte dann, sich ins Gespräch zu mischen. »Mein Herr und Lehrer«, sagte er bescheiden, »ich weiß es auch, daß aus Ihrem Buch die wahre Weisheit kommt. Aber wie soll die Weisheit zu *mir* kommen? Können Sie mir nicht helfen? Meine Sünden drücken mich; ich habe viele. Buddha kann sie nicht wegnehmen. Aber es gibt doch einen Retter Jesus Christus. Ich möchte, o Herr und Lehrer . . .«, er stockte und fuhr dann fort: »Oh, wie verlange ich danach, ihm zu gehören!«

Adoniram sah seinen Gärtner an, und seine Augen strahlten. Da kam nun einer und wollte Jesus Christus angehören. Seine Blicke gingen zwischen dem Gelehrten und dem einfachen Mann aus dem Volke hin und her. Der eine, Maung Sway-gnong, war auf der Suche nach Gott; der andere aber beschritt kühn den einzigen Weg, der zu Gott führte: Er wagte es mit Jesus Christus.

Immer noch schaute der Gärtner fragend auf den Missionar. Adoniram reichte ihm glücklich die Hand und sagte dann: »Mein Freund, wer Jesus angehören will, wird den Frieden finden. Ich will mit dir den Weg zu Jesus gehen.«

Maung Sway-gnong war überrascht dem kurzen Gespräch gefolgt; schwer atmend wandte er sich an Maung Nau und fragte erregt: »Weißt du, was mit dir geschieht, wenn du Jesus Christus angehörst? Sie werden dich foltern; sie werden dich quälen! Ja, und endlich stirbst du am Hinrichtungsplatz!«

Der Gelehrte schauderte und ließ den Kopf hängen. »An Gott will ich glauben«, bekannte er, »aber ich hätte nicht den Mut, Jesus Christus anzugehören. Ich kann es nicht!« schrie er plötzlich laut. Dann wieder saß er versunken da – ein Bild der Unentschlossenheit. Erregt murmelte er vor sich hin: »Ich kann an den fremden Gott glauben und über ihn nachdenken; aber zu Jesus Christus will ich nicht gehören.«

Maung Nau schaute in das ängstliche Gesicht des anderen. In seine Augen traten Tränen, doch sprach er mit fester Stimme: »Ich werde gewiß gemartert werden; aber ich bin entschlossen, Christus anzugehören, wenn der Herr und Lehrer mir zeigt, wie ich es machen soll.«

Adoniram war plötzlich traurig geworden. Wenn Maung Nau nun durch ihn ins Leiden geführt würde? Ein schrecklicher Gedanke! Und doch – wer wollte nicht dem König Jesus Christus alles opfern? »Maung Nau«, sagte er, »Jesus Christus ist stark. Er kann dich bewahren. Und überdies, wenn sie dich gefangennehmen, so will ich mich für dich anbieten.«

Auf Maung Sway-gnongs Gesicht erschien ein undurchsichtiges Lächeln. Spöttisch sagte er zu dem Weißen: »Unnötiges Opfer! Unsere Richter würden solch einen Edelmut nicht begreifen; die würden nur Sie beide kreuzigen.«

Maung Nau entrüstete sich: »Merkst du denn nicht, daß in der Jesuslehre viel Liebe lebt? Mein weißer Herr will für mich leiden. Gibt es das in unserer Religion? Hast du je von einem der heiligen Mönche gehört, daß er bereit wäre, für einen seiner Schüler zu sterben? Ich nicht! Aber Christus ist für uns gestorben, und mein Missionar würde auch sein Leben für mich hingeben.«

Maung Sway-gnong sagte abweisend: »Bis jetzt ist dein Lehrer noch nicht für dich gestorben.« Seine Augen aber blickten neiderfüllt auf den einfachen Burmesen, der es wagte, ein Christusanhänger zu werden. Wenn er es doch auch könnte! Aber ihm, dem Gelehrten und einstigen Mönch – das gestand er sich offen – fehlten der Mut und die Liebe, auf die Seite Jesu Christi zu treten.

Maung Nau saß nun jeden Tag mit strahlendem Gesicht neben seinem Lehrer und hörte begierig die Worte Jesu. Immer mehr wollte er davon hören, immer tiefer in die Zusammenhänge eindringen, und sein Herz verlangte mehr denn je nach der Gemeinschaft mit dem Herrn, der auch ihn, den sündigen Burmesen, erlöst hatte.

Bei seiner Tagesarbeit wurde er unauffällig von Anne und Adoniram beobachtet. Mit Freuden sahen sie, wie das Wort im Leben des Gärtners Wirklichkeit wurde und welch ein Einfluß von ihm auf seine Umgebung ausging.

Adoniram setzte den Tauftag fest. Sein Herz war glücklich. Nach sechs langen Jahren der erste Bekenner! War das nicht ein Vorstoß in die heidnische Umgebung hinein?

Maung Sway-gnong hatte Bedenken. Vorsichtig setzte er seinem Schüler auseinander, wie unklug eine öffentliche Taufhandlung sei. Der Vizekönig, der Gaing-ok, gar der König in Amarapura, die »Goldene Gegenwart«, das seien lauter mächtige Feinde, die nie und nimmer solch einen Schritt billigen würden. Maung Nau würde verschwinden, das Zayat verbrannt werden, und was weiter geschähe, könne man sich gar nicht ausdenken. Unglücklich wie in früheren Zeiten saß Maung Sway-gnong vor Adoniram; die Menschenfurcht war stärker in ihm als die Gottesfurcht.

Adoniram überlegte sich die Worte seines Lehrers genau. Auch er sah klar, daß eine öffentliche Taufhandlung Verfolgungen auslösen mußte. Aber entmutigen ließ er sich nicht. Er versammelte seine ganze Hausgemeinde und erklärte ihr, daß Jesus Christus durch ein öffentliches Bekenntnis geehrt sein wolle. Maung Nau sah seinem Lehrer tapfer in die Augen, unmerklich nickte er mit dem Kopf, und seine Lippen flüsterten: »Ich will mich öffentlich zu meinem Herrn bekennen. Er ist es wert!«

Zwischen Akazien und Palmen lag ein See. Rosige Lotosblüten bedeckten seine Oberfläche; im Hintergrund stand eine Marmorstatue: Buddha Gautama. Ernst und gedankenschwer sah er über die stille, verborgene Schönheit.

Zu diesem See zog an einem Sonntag, dem 27. Juni 1819, die kleine Missionsgemeinde, der sich noch Bekannte und Verwandte Maung Naus angeschlossen hatten. Über dem Wasser lag leuchtender Sonnenschein. Er goß seine Strahlen in die offenen Blumenkelche; er glitt über Buddhas Marmorstatue hin und ließ sie in seltsam schönem Glanz aufstrahlen. Kein Vogelgezwitscher war zu hören; feierlich still war es wie in den hohen Domen der Christenheit. Da fingen irgendwo Glocken zu läuten an – es war das hohe, vielstimmige Klingen der Shwe-Dagon.

Maung Nau stieg ins Wasser, und Adoniram sprach über ihm die Taufworte: »Maung Nau, ich taufe dich auf den Namen Gottes, des Vaters, und des Sohnes und des heiligen Geistes. So spricht der Herr: Ich bin der gute Hirte. Meine Schafe hören meine Stimme; und ich kenne sie; und sie folgen mir. Und ich gebe ihnen das ewige Leben, und sie werden nimmermehr umkommen, und niemand wird sie aus meiner Hand reißen.«

Da wußte Maung Nau, daß er geborgen war für Zeit und Ewigkeit. Eine tiefe Freude war in ihm; er gehörte seinem Herrn an im Leben und im Tod.

Adoniram und Maung Nau waren eben aus dem Wasser gestiegen, als die Zweige hinter Buddhas Statue knackten. Der Missionar wandte den Kopf und blieb erschrocken stehen.

Zwischen Büschen und Strauchwerk hervor trat eine hohe, dunkle Gestalt – der Oberpriester, der Gaing-ok.

Wutverzerrt war sein Gesicht, seine Gestalt bebte, und zornig schrie er: »Ihr denkt wohl, ich wisse nicht, was das zu bedeuten habe, fremdes Tier? Die Leute hier« – seine Hand wies wütend auf Maung Nau und die kleine Schar der anderen – »führst du von Buddha weg zu deinem Gott. Das gibt es nicht. Das darf nicht sein!«

Aufgeregt ging der Gaing-ok auf den Gärtner zu und schrie ihn an: »Du wirst noch zur Verantwortung gezogen, das merke dir. Du kannst Dinge erleben, von denen du dir nichts träumen läßt.«

Maung Nau zitterte nicht. Er stand still und gesammelt dem Oberpriester gegenüber. Ein Friede erfüllte ihn, wie er es noch nie erlebt hatte. Unwirklich schien ihm hier alles zu sein. *Eine* Wirklichkeit gab es in diesem Augenblick nur für ihn: Jesus Christus, seinen Herrn.

Staunend sah Adoniram in das von innen her erleuchtete Gesicht seines Gärtners. Ja, Jesus Christus schenkte auch in gefährlichen Stunden tiefes Glück und Sicherheit.

Der Gaing-ok wandte sich vom Gärtner ab. Drohend schritt er auf den Missionar zu und sagte grollend: »Ihr seid aus Burma ausgewiesen! Ich habe einen Befehl vom ›Herrn des Lebens‹, meinem König in Amarapura.«

Mit gewinnender Herzlichkeit sah Adoniram in das drohende Gesicht des Priesters. Ruhig sagte er: »Warum wollt Ihr uns denn nicht in Frieden lassen? Buddha hat nie geboten, Andersgläubige zu verfolgen. Ich habe seine Schriften studiert. Erinnert Ihr Euch an das, was er zu dem Hirten Dhaniya sagt? ›Ich bin niemandes Diener‹, sagte der Gesegnete. ›Ich habe keinen Dienst nötig. Darum, o Himmel, regne, wenn du willst.‹«

Das Gesicht des Priesters entspannte sich. Er blickte gedankenvoll zur Marmorstatue auf. Buddha Gautama sah ruhig und erhaben über das stille Wasser, unbekümmert um das Gezänk des eifernden Mönches zu seinen Füßen.

Der Oberpriester öffnete noch einmal seine Lippen.

Kühl klang es, als er nun sagte: »Andere kannst du mit deinen Lehren herumbringen, deinen Gärtner und Maung Sway-gnong. Mich aber nicht.« Und finster verschwand er zwischen wiegenden Palmen.

Das Licht über dem See war erloschen. Die Lotosblüten schlossen die schimmernden Kelche. Still ging die kleine Missionsgemeinde nach Hause zurück. Aber Adoniram war froh. Gott hatte in Burma mit dem Bau seiner Gemeinde angefangen. Was konnte der Gaing-ok schaden, was die »Goldene Gegenwart« vernichten? Wo Gemeinde Jesu Christi besteht, da gilt das Wort ihres Herrn: »Die Pforten der Hölle sollen meine Gemeinde nicht überwältigen.« Galt dieses Wort nicht auch der kleinen Schar in Burma? Warum sich also fürchten?

Und doch – im Dunkel der Nacht kam die Angst, die Sorge um Maung Nau, den Neugetauften. Ruhelos warf sich Adoniram hin und her. Was konnte man tun, um den Gärtner zu schützen? Ihn Gottes Gnade anbefehlen? Ja, gewiß, das würde er ohne Unterlaß tun. Aber wie sollte man sich verhalten? Ihn verbergen? Ihn nur im Missionshaus beschäftigen? Ihn von allen Menschen fern halten? Adoniram sann und grübelte, faßte Pläne und verwarf sie wieder. Da plötzlich fuhr er hoch. Ein Wort kam ihm in den Sinn und ließ ihn nicht mehr los: Amarapura, die Königsstadt.

Sehr klar lag vor Adoniram nun sein Weg. Zur »Goldenen Gegenwart«, dem mächtigen König von Burma, mußte er. Ihm wollte er von seinem Auftrag sagen und ihn um Duldung und Schutz für die Sache der Mission bitten. Dann müßte der Gaing-ok seine Verfolgung einstellen, und auch der Vizekönig und andere Feinde dürften den Besuchern des Zayats nichts antun.

Am nächsten Morgen stand Adoniram vor seiner Frau, und etwas Bestimmtes lag in seiner Stimme, als er ihr sagte: »Ich gehe nach Amarapura zur ›Goldenen Gegenwart‹. Bruder Colman, Maung Nau und Maung Ing, sein Freund, werden mich begleiten.«

Über die Veranda kam der junge Missionar Colman, den die heimische Missionsleitung vor kurzem gesandt hatte. Der Wagemut der Jugend lachte aus seinen Augen, als er von Adonirams Plan hörte. »Ich komme mit!« rief er begeistert und stürmte davon, um seiner Frau von der Reise in die Königsstadt zu erzählen.

## Der Herrscher zu Land und zur See

Vor dem Osttor der Hauptstadt Amarapura standen vier Männer, Adoniram mit seinen Begleitern. Hohe Tamarinden überragten das Gemäuer; in ihrem Schatten stand ein Wächter; rot leuchtete sein Lederhelm. Brummend prüfte er die Pässe, öffnete das Tor – und Adoniram betrat klopfenden Herzens die Königsstadt.

Durch Straßen und Gassen ging es zu einem Hofrat des Königs, der die Anmeldung beim »Goldenen Gesicht« übernehmen wollte. Dann kam eine unruhige Nacht und endlich der ersehnte Augenblick, als sie von einem Boten des Königs abgeholt wurden.

Still folgten sie dem Burmesen. Maung Nau sah von Zeit zu Zeit liebevoll auf den Gegenstand in seinen Händen. Es war das Geschenk für den König – das Matthäus-Evangelium, in vergoldete Deckel gebunden. Ehrfürchtig trug Maung Nau das heilige Buch, und aus seinem Herzen stieg ein Gebet zum Himmel empor, daß der König aus dieser Schrift die Stimme des wahren Gottes vernehmen möge.

Vor Adoniram und seinen Begleitern lag der Palast. Das Haupttor wurde geöffnet. Der Missionar wurde in eines der kleinen Häuser geführt, die rings um einen offenen Hof verstreut lagen.

Ein Mann trat auf ihn zu. Amtlich klang seine Stimme, als er nun fragte: »Was wollen Sie, fremdes Tier, denn eigentlich von Seiner Majestät erbitten?«

Adoniram reichte dem Beamten einige beschriebene Blätter und sagte: »Wir haben hier eine Schrift, mit welcher wir den ›Herrn über Land und Wasser‹ bitten möchten, unsere Religion in Burma lehren zu dürfen.«

Der Beamte vertiefte sich in die Schrift. Seine Stirn legte sich in Falten. »Wer ist Gott?« fragte er. »Und übrigens, wie kommen Sie dazu, in diesem Land religiöse Propaganda zu treiben?«

Aber ehe Adoniram nur antworten konnte, klang ein Ruf von irgendwoher über den weiten Hof: »Der ›Goldene Fuß‹ ist im Begriff, sich zu nähern!«

Blitzschnell warf der Beamte ein grünes Seidengewand über seine Schultern, bedeutete dem Missionar, ihm zu folgen, und schritt auf eine offene Halle zu. Ernst und gesammelt ging Adoniram hinter ihm drein. Der junge Colman aber nahm mit neugierigen Augen all die fremdartige Schönheit in sich auf. Torwege mit vergoldeten Säulen, geschnitzte Treppengeländer, ein wunderschöner Wasserteich, mit Marmor eingefaßt – alles mutete ihn an wie eine fremde Zauberwelt.

Sie betraten eine Halle. Adoniram schloß für Sekunden die Augen. Gold schimmerte von Pfeilern, Dachbalken und Thronhimmel. Bittsteller standen rings an den Wänden und warteten schweigend auf die »Goldene Herrlichkeit«. Adoniram sah zum Eingang der Halle. Von dorther kam König Bagyi-daw. Rot schillerte sein Lendentuch aus Seide; über die weiße Jacke zogen sich goldene Ketten und Schnüre. Eine Hand umfaßte ein Schwert in goldener Scheide, in der anderen trug er den Schwanz einer weißen tibetanischen Kuh. Würdevoll ging er auf seinen Thronsessel zu. Plötzlich stockte sein Fuß – er sah die beiden Fremden. »Wer sind diese?« rief er laut.

Schweigen lag über den knienden Gestalten, die ehrfurchtsvoll ihre Gesichter in den Händen verborgen hielten; stumm knieten auch die Beamten.

Adoniram schaute den König an und antwortete mit ruhiger Stimme: »Wir sind die Lehrer, großer König.«

Und siehe – Bagyi-daw, die »Goldene Gegenwart«, lächelte. Interessiert fragte er: »Wann seid Ihr gekommen?«

»Vor zwei Tagen, Eure Majestät.«

»Seid Ihr Religionslehrer?«

»Ja, das sind wir, großer König.«

»Seid Ihr Mönche und unverheiratet?«

Adoniram erklärte nun, daß sie keine Mönche seien, und beschrieb das Leben auf der Missionsstation.

Der König hörte nur mit halbem Ohr auf Adonirams Ausführungen. Interessiert glitten seine Augen über die Gesichter der beiden Missionare und über ihre Kleidung, und mitten in Adonirams Sprechen hinein fragte die »Goldene Gegenwart«: »Warum tragt Ihr Engländer solch enganliegende Bedeckungen an den Beinen und auf dem Kopf?«

»Es ist unsere Gewohnheit, Majestät. Aber wir sind Amerikaner und keine Engländer.«

Der König brummte: »Ihr Europäer seid alle gleich.«

Hin und her schaute der »Herr über Land und Wasser«. Da sah er Adonirams Strohhut auf dem Boden. Blitzschnell zog er sein Schwert aus der Scheide, zielte nach dem Hut und spießte ihn auf. Dann nahm er ihn und drehte ihn auf seinem Haupte hin und her. So komisch sah das aus, daß der junge Colman seinen Kopf tief beugte, um sein Lachen zu verbergen.

Die »Goldene Gegenwart« fragte unermüdlich weiter; endlich geruhte sie, die Bittschrift anzuhören, die Adoniram sorgfältig vorbereitet hatte.

Still war es in der goldflimmernden Halle. Lautlos knieten die Burmesen am Boden. Nur die Stimme des vorlesenden Beamten war zu hören: »Die amerikanischen Lehrer stellen sich dem großen König vor, dem Herrscher zu Land und zur See. Nachdem sie gehört haben, daß in Anbetracht der Größe der königlichen Macht das königliche Land in Ruhe und gedeihlicher Entwicklung sich befinde, kamen sie in die Stadt Rangun. Und nachdem sie von dem Stadtoberhaupt die Erlaubnis zur Niederlassung erhalten hatten, machten sie sich auf, das ›Goldene Angesicht‹ zu sehen. Und nun sind sie hier oben an dem Schemel der ›Goldenen Füße‹ angelangt. In dem großen Land Amerika gehören sie zu den Lehrern und Auslegern der Heiligen Schriften ihrer Religion. In diesen Schriften steht, daß, wenn sie in andere Länder reisen und diese Lehre empfehlen und verbreiten, viel Gutes geschehe sowohl denen, die da lehren als auch denen, welche die Lehre empfangen. Sie werden befreit von der zukünftigen Strafe und werden nach dem Tode das ewige Glück des Himmels genießen. Nun bitten die Lehrer um die königliche Erlaubnis, indem sie sich unter den königlichen Schutz stellen, ihre Lehre in diesem Herrschaftsgebiet verbreiten zu dürfen, damit diejenigen, die ihrer Predigt gerne zuhören und sich durch dieselbe möchten leiten lassen, seien es Fremde oder Burmesen, von seiten der Regierung keinerlei Belästigungen erfahren. Sie stellen sich hier vor, um die Gnade des ›Erhabenen Königs‹, des ›Beherrschers der Länder und der Meere‹ zu empfangen.«

Der König hatte aufmerksam zugehört. Nun nahm er die Schrift aus des Vorlesers Händen, ließ sich von Adoniram noch ein Schreiben über die Lehre des christlichen Glaubens geben und vertiefte sich darin. Murmelnd fing er an zu lesen: »Es lebt nur *ein* Gott, ein ewiger Gott; außer ihm gibt es keine Götter.«

»Was? Keine Götter?« schrie der König. Wütend fuhr er hoch, schleuderte das Glaubensbekenntnis beiseite und sah drohend zu Adoniram. Auch das kostbare Geschenk, das ihm der Begleiter Adonirams überreichen wollte, würdigte er keines Blickes. Stumm, finster, drohend stand der König vor seinem Thron; die Umwelt schien nicht mehr für ihn zu existieren. Der Beamte des Königs räusperte sich, beobachtete schweigend das Profil der »Goldenen Gegenwart« und sagte statt seiner: »Der ›Goldene König‹ sagt: Warum bittet Ihr um die Erlaubnis, Eure Religion in meinem Lande lehren zu dürfen? Haben nicht die Portugiesen, die Engländer, die Muselmanen und die Völker aller anderen Religionen die Freiheit, auf ihre eigene Art anzubeten? Was Eure Bittschrift anlangt, gibt Seine Majestät keinen Befehl. Nach Euern heiligen Schriften hat Seine Majestät kein Verlangen. Nehmt dieselben weg!«

Unbewegt sah die »Goldene Gegenwart« über die weißen Bittsteller hinweg. Dann schritt er durch die Halle dem Ausgang zu. Draußen im Hof erwartete den König ein weißer Elefant. Goldene Schirme überdachten ihn; Waffenträger in grünen Gewändern hatten sich um ihn gruppiert; tanzende Mädchen in weißer Seide lachten sich gegenseitig zu. Gelassen ging der König auf den Elefanten zu; Beamte in rotem Samt schlossen sich ihm an; Schützen in blauen Gewändern folgten. Farben spielten ineinander; die herrliche Prozession setzte sich in Bewegung und zog zum Haupttor hinaus.

Durch eine kleine Seitenpforte des Palastes aber schritten verzagt und niedergeschlagen die beiden Missionare. War ihre Bittfahrt nach Amarapura vergeblich gewesen?

Noch manchen Gang unternahm Adoniram. Zu Ministern wagte er sich vor, mit Priestern und Günstlingen des Königs setzte er sich in Verbindung. Und einer wie der andere sagte ihm: »Es besteht Gefahr für Sie, wenn Sie hier bleiben. Sie müssen Ihre Angelegenheiten selbst in die Hand nehmen.«

Nach einigen Tagen verließ Adoniram mit seinen Begleitern die Stadt durch das Osttor unter den hohen Tamarinden. Seine Augen blickten schwermütig zum Irawadi, auf dessen Wasser ein Boot schaukelte. Nur ein Wort klang in ihm: »Umsonst – umsonst – umsonst.« Mußte in diesem Land alle Hoffnung fehlschlagen? Wer würde von nun an in sein Zayat kommen? Keiner! Denn ganz Rangun würde es erfahren, daß der gefürchtete König der Mission seinen Schutz verweigert hatte. Aus Adonirams Augen flossen plötzlich Tränen. Wie sollte es weitergehen?

Missionar Colman sah die Niedergeschlagenheit des Älteren. Tröstend sagte er: »Wir müssen Jesus Christus vertrauen.«

Da schaute ihn Adoniram mit einem so unergründlich traurigen Blick an, daß der Jüngere erschrak. Verzweifelt antwortete Adoniram: »Ich vertraue Jesus Christus wirklich. Er ist hier in meinem Herzen. Aber wo ist Gott?«

Beklommen schwieg Colman. Von ferne rauschte das Wasser des Irawadi. Adoniram hob müde das Haupt. Näher klang das Rauschen und Brausen. Die ganze Luft war erfüllt davon. Aber lauter, fordernder und wilder als das Brausen brachen Fragen auf in Adoniram. Alle gipfelten in einem Schrei der Verzagtheit: »Gott, wo bist du?«

Tags darauf fuhr das Boot stromabwärts. Amarapuras weiße Pagoden flimmerten im Sonnenschein noch einmal auf. Adoniram sah sie nicht mehr; seine Augen blickten trübe über den Strom; er suchte Antwort auf ungestüme Fragen. Aber er fand keine.

## Warum Rangun nicht an Buddha zurückgegeben wird

Anne wartete auf ihren Mann. Bald mußte er kommen und würde gute Nachricht mitbringen. Hoffnungsfroh sah sie in die Zukunft. Unter dem Schutz des Königs könnte die Arbeit ungehindert weitergehen. Die junge Missionarsfrau sah in Gedanken eine kleine Kirche, Scharen von Burmesen pilgerten darauf zu. Missionare würden weit hinein ins Innere von Burma ziehen und überall die frohe Botschaft sagen. Ja, so müßte es kommen.

Und dann kam alles so anders. Regentropfen prasselten an die Scheiben, der Wind fauchte grimmig ums Haus, als Adoniram mit seinen Begleitern in Rangun einzog.

Rangun – es schaute ihn drohend an. Es war ihm, als sagte jede Turmspitze: »Ihr müßt euch selber schützen!« Und als er an der Shwe-Dagon vorüberkam, ließ er seine Blicke entmutigt über die Türme schweifen. Da flimmerte sie wieder, die goldene Nadel. Trotz Sturm und Regen zeigte sie sieghaft, unbeschwert in die Höhe. Pries sie nicht Buddhas Herrlichkeit? War es nicht ein Wahnsinn, gegen den Erleuchteten zu kämpfen?

Wie ein Geschlagener kam Adoniram nach Hause. Der junge Bruder Colman gab sich alle Mühe, ihn aufzuheitern. Es gelang ihm nicht. Anne umgab ihren Mann mit Liebe und Fürsorge. Und endlich fing er an, davon zu sprechen, was ihn zwölf Tage und Nächte auf der Reise von Amarapura her bewegt hatte. Rangun sei zu gefährlich als Missionsstation. Der Vizekönig sei hier; der Gaing-ok; beide würden die Arbeit behindern. Nach Chittagong müßten sie ziehen, das sei abgelegen. Dort gäbe es aber keinen anderen Weg, als mit der Missionsarbeit noch einmal von vorne anzufangen.

Adonirams Augen blickten so mutlos, daß Anne am

liebsten geweint hätte. Aber sie unterdrückte jede schwache Regung; jetzt mußte sie stark sein.

»Meinst du wirklich, Don, daß wir gehen müssen?« fragte sie.

Er blickte sie erstaunt an: »Ich habe es doch gesagt«, gab er zur Antwort, »hier – hier ist ja alles umsonst. Bedenke doch, sechs lange Jahre sind wir nun in Rangun. Was ist geschehen? So gut wie nichts. Ein Christ, jawohl – und der wird bald zu Tode gequält werden. Dann Maung Swaygnong. Der glaubt an Gott, aber ein Christ ist er noch lange nicht. Die Furcht muß ihn ja am Bekennen hindern.« Anne schwieg. Sie war bereit zu jedem Weg. Nur – auf Gewißheit wollte sie warten. Denn war die Flucht aus Rangun wirklich Gottes Weg?

Eine dunkle Nacht lag über dem Missionshaus. Adoniram hatte einen seltsamen Traum. Auf goldenen Wassern segelte ein Schiff. An Deck stand ein Mann und schaute in die Wellen. Er selber war es, Adoniram Judson. In seinen Augen lag Schrecken und eine große Qual. Denn in den Wellen trieb eine Schar kleiner, ertrinkender Kinder. Die streckten die Hände nach dem Schiff und flehten angstvoll: »Adoniram, Herr und Lehrer, rette uns!« Die Gestalt auf dem Schiff regte sich nicht. Sie blickte gequält um sich und murmelte unentwegt: »Ich wage es nicht; nein, ich wage es nicht!«

Mit einem Schrei fuhr Adoniram aus dem Schlaf. Rings um ihn her herrschte Dunkelheit. In ihm bohrte eine Angst, die drohte, ihn umzubringen. Er flüchtete zu Gott: »Allmächtiger Vater, zeige mir deinen Weg! Müssen sie wirklich sterben, um Leben zu empfangen? Müssen sie gefoltert werden, wenn sie zu dir kommen wollen? Jesus, mußt du deinen bittern Kelch an ihre armen Lippen setzen? Muß ich in Burma bleiben und meine Schüler dieser Qual aussetzen? Ist das der Weg – und die Wahrheit?«

Adoniram lauschte in die Nacht hinein. Er mußte Antwort haben, eine klare Wegweisung von Gott. Aber alles blieb still. Und das Dunkel schien noch undurchdringlicher als zuvor.

Die nächsten Tage schlichen dahin. Adoniram drängte zur Abreise. Anne und Frau Colman begannen zu packen. Voll Unruhe sahen Maung Nau und Ma Baik den Vorbereitungen zu. Koo-chil erschien auf der Veranda, überblickte Kisten und Koffer und ging still wieder davon. Am Abend sah man ihn in eifrigem Gespräch mit Maung Nau; beide verschwanden dann im Dunkel der Nacht.

Es war am nächsten Tag. Adoniram stand auf der Veranda und blickte in den sonnenüberfluteten Garten. Müde strich er sich über die Stirn. Alles erschien ihm unwirklich: das Silbergebimmel der Pagodenglocken, das Zwitschern der Vögel und das Wunder der duftenden Blumen. Es war ihm, als sei nur noch sein Schatten da. Er lauschte in sich hinein – alles schien tot und leer.

Eine Stimme riß ihn aus seinen Gedanken: »Herr und Lehrer!« Adoniram hob erschreckt den Kopf. Die Verandatreppe herauf kam ein kleiner Trupp Burmesen; acht bis zehn mochten es sein. Maung Nau ging als erster im Zug; Ma So, seine Mutter, folgte. Die anderen kamen Adoniram zum Teil bekannt, zum anderen Teil unbekannt vor. Ma So drängte sich energisch nach vorne. »Herr und Lehrer«, sagte sie, »wir bitten, Sie möchten nicht weggehen.« Aufmunternd sah sie im Kreis umher. Da nickten die Männer und Frauen um sie herum bestätigend mit den Köpfen.

In maßlosem Staunen sah Adoniram über die kleine Schar. Er lächelte traurig. Dann sagte er bewegt: »Es ist nutzlos, hier zu bleiben, meine Freunde. Wir können das Zayat nicht wieder eröffnen. Wir dürfen keinen Gottesdienst mehr halten. Kein Burmese wird wagen, sich zu dieser Religion zu bekennen.«

Maung Nau sah beinahe so aus, als wollte er weinen. Er trat dicht vor Adoniram und sagte: »Mein Gemüt ist so bekümmert, seit Sie bekanntgegeben haben, daß Sie weggehen; ich kann nicht mehr schlafen und essen. Hier sind doch Leute, die Sie brauchen!«

Maung Nau zeigte im Kreis umher und stellte seine Nachbarn und Bekannten vor.

Maung Ing trat vor. Flehend sah er Adoniram an und bat: »Bleiben Sie doch, bis wenigstens zehn Schüler gewonnen sind. Dann bestimmen Sie einen von uns als Lehrer. Nach dem, was ich bisher von der neuen Lehre gehört habe, könnten Sie danach sogar schon das Land verlassen; die Lehre wird sich selbst ausbreiten. Sogar die Gegenwart des ›Goldenen Königs‹ könnte ihr Wachstum nicht aufhalten.«

Ma Baik fing plötzlich an zu weinen. Haltlos jammerte sie: »Ach, warum habe ich meine Taufe hinausgeschoben? Was wird jetzt mein zukünftiges Los sein? Für mich gähnt die allerunterste Hölle!«

Unter der Tür war Anne erschienen. Adoniram sah zu ihr hinüber. Alle Mutlosigkeit schien von ihm abgefallen. Gott hatte ihm Antwort gegeben. »Bleib in Rangun!« hieß Gottes Marschbefehl.

Ein neuer Sprecher meldete sich zum Wort. »Ich habe mir Zeit gelassen; drum bin ich nicht oft ins Zayat gekommen. Ich dachte, Sie bleiben noch lange Jahre hier. Was sollte ich da so schnell die Lehre annehmen? Von jetzt ab will ich immer kommen, wenn Sie hierbleiben.«

Ein kleiner Mann hob seine Hand. »Ich habe Sie auch schon gehört. Da sagten Sie, das Werk der Bekehrung sei Gottes Sache. Wenn es nun Gottes Sache ist, so kann er doch auch die Gefahr bannen, oder nicht?«

Adoniram traute seinen Ohren nicht. Ach, wie kleingläubig war er gewesen! Nichts hatte er dem ausgestreuten Samen des Wortes zugetraut! Und nun war in jedem Herzen ein Körnchen aufgegangen. Er suchte Annes Blick. Sie strahlte ihn an mit ihrem sieghaftesten Lächeln, als wollte sie sagen: »Hab ich's nicht gewußt, daß Gottes Wort auch Burma zum Leben erweckt?«

»Herr und Lehrer!« Wieder kam ein Burmese auf Adoniram zu: »Ich habe zwei Pagoden erbaut, um mir ein Verdienst zu erwerben. Ich hoffte, die letzte Erlösung von der Wiedergeburt zu erlangen und von Sünden frei zu werden. Aber Frieden habe ich nicht gefunden. Ich fand keinen Ruheplatz für meine Seele, bis ich durch Sie von Jesus Christus hörte.«

Adoniram schaute über die kleine Schar. Seine Gestalt straffte sich. In die schwermütigen Augen kehrte das alte Leuchten zurück. In das Herz zog die Gewißheit ein, daß Gott auch in Burma sein Werk tun wollte. Er faltete die Hände, löste den Blick von den erwartungsvollen Gesichtern ringsum und sah nur noch seinen Herrn, der ihn gesandt hatte. In die lautlose Stille hinein sprach er: »Herr, du hast mir Antwort gegeben. Und nun gelobe ich dir, Burma nicht zu verlassen, bis das Kreuz für immer in diesen Boden gesenkt ist. Hilf uns, Vater, hilf uns, deiner kleinen Kirche in Rangun! Wenn Verfolgung kommt und wir unter ihrer schrecklichen Gewalt widerrufen sollten, dann habe Erbarmen mit uns, o Gott! Denn unser schwacher Leib wird vielleicht unterliegen. Unsere Seelen sind auf ewig dein.«

Still war es wie im Gotteshaus. Ohne ein Wort zu sagen, ging die kleine Gemeinde auseinander. Sie wußten alle, ihr Lehrer würde bei ihnen bleiben. In ihnen aber war die große Bereitschaft, den Schritt ins Gottesreich zu wagen – den kühnen Schritt von Buddha weg zu Jesus Christus.

## Noch einer aus Buddhas Gefolge

Adoniram horchte in die Nacht hinein. Kein Laut war zu hören; stiller konnte es nicht sein. Er wanderte ruhelos durch sein Zimmer. Gedanken quälten ihn und Sorgen. Er sehnte sich, mit irgend jemand darüber zu sprechen, mit einem einzigen vertrauten Menschen. Und keiner war da. – Menschen gab es schon auf der Missionsstation; aber der eine vertraute fehlte, seine Anne.

Der Missionar dachte an die zurückliegenden Tage. Krankheit hatten sie gebracht. Anne war dem Sterben nah gewesen, nun fuhr sie der fernen Heimat zu. Luftveränderung, sachgemäße Pflege, das seien die einzigen Heilmittel, hatte der Arzt in Serampur gesagt. Und schweren Herzens hatten sie seinen Rat befolgt.

Das Alleinsein war bitter. Adoniram litt unter den einsamen Stunden; sie machten ihn zu einem ruhelosen Menschen. Keinen klaren Gedanken konnte er fassen; die Sehnsucht zehrte an ihm und machte ihn beinahe krank.

Beinahe! War er nicht schon krank? Adoniram hielt in seiner Wanderung inne. Es kam ihm zum Bewußtsein, welch gefährlicher Feind die Einsamkeit sein konnte. Er mußte sich aufraffen, irgend etwas unternehmen, Entschlüsse fassen. Ja, das allein würde Hilfe bedeuten.

Der Missionar setzte sich an seinen Schreibtisch. Die Feder flog übers Papier; Satz reihte sich an Satz. Und schließlich lag vor ihm ein sauber geschriebenes Schriftstück. »Lebensregeln« hieß die Überschrift. Halblaut überlas Adoniram seine Sätze, die er sich aufgestellt hatte, um Herr über seine Unrast und die quälende Einsamkeit zu werden. Da stand:

1. Sei fleißig im stillen Gebet, jeden Morgen und Abend!
2. Verbring keinen Augenblick in bloßer Trägheit!

3. Halte natürliche Gelüste in den Banden der Mäßigkeit und Sauberkeit! Halte dich selbst rein!
4. Unterdrücke jedes Gefühl von Ärger und übler Laune!
5. Unternimm nichts aus ehrgeizigen Trieben oder aus Ruhmsucht!
6. Tue nie etwas, bei dem du unmittelbar den Eindruck hast, daß es Gott mißfallen werde! Bete darüber!
7. Strebe danach, dich über alle Verluste und Leiden zu freuen, die dich um Christi und des Evangeliums willen treffen. Und denke daran, daß sie, obgleich sie sich schicksalhaft ereignen wie der Tod selbst, dennoch Gewinn sind.
8. Stehe mit der Sonne auf!
9. Meide jeden unreinen Gedanken und Blick!

Nachdenklich legte Adoniram den Bogen zur Seite. Ein Wort Buddhas zog ihm durch den Sinn: »Ein Mann ist die Summe seiner Gedanken.« Zögernd sah er nach dem beschriebenen Papier. War es richtig, solche Vorsätze zu fassen? Durfte er als Missionar sich an solch ein Geländer halten? Mußte man nicht frei über die Brücke gehen, die sich über den Strom der Zeit spannte? Ganz ohne Geländer und doch geführt? Nicht von gewissen Lebensregeln, sondern von einer starken Hand? – Entschlossen hob er den Kopf. Jetzt eben brauchte er solche Sätze, um die Unrast und die große Sehnsucht in sich zu besiegen.

Mit großem Eifer nahm sich Adoniram seiner kleinen Gemeinde an. Sie kam vollzählig ins Zayat! Maung Ing und Ma Baik, Ma So und Maung Nau, dazu noch der Mann, der mit Pagodenbauten sich von seiner Sündenlast hatte befreien wollen. Die Zahl der ständigen Besucher war auf achtzehn gestiegen, und Adoniram versammelte alle zum Taufunterricht. Wenn sein Blick über die aufmerksamen Gesichter flog, wurde er von einer nie gekannten Freude erfüllt. Achtzehn Christen – und jeder konnte ein Verbreiter des Evangeliums werden.

Eines Abends tauchte Maung Sway-gnong auf, der seit Monaten verschwunden gewesen war. Man sah ihm Krankheit und Entbehrung an, aber die Augen hatten den gequälten Ausdruck etwas verloren. Adoniram freute sich über das Wiedersehen wie ein Kind. Maung Sway-gnong – ein Mann voller Geheimnisse zwar, ein unentschiedener, ängstlicher Mönch und dennoch ein Freund. Er erzählte von seinen Erlebnissen. Stockend und vorsichtig. Dann brach es plötzlich aus ihm heraus: »Ich bin mit allen meinen Zweifeln fertig geworden, Herr und Lehrer. Ich bin bereit, selbst dem ›Herrn der weißen Elefanten‹ zu sagen, daß ich ein Christ bin.«

Offen sah der Burmese zu Adoniram auf. Dem schlug das Herz vor Freude. Aber ernst sagte er: »Das ist eine gute Botschaft, mein Freund! Doch sind Sie willig, einen Monat lang so zu leben, wie Christus will, daß Sie leben sollen? Und zwar hier im Missionshaus, wo jede Ihrer Handlungen bekannt werden wird?«

Sofort nahm das Gesicht des einstigen Mönches einen unsicheren Ausdruck an. Dann aber sagte er mit einem Seufzer: »Ich will den Monat Probezeit auf mich nehmen, mein Lehrer.«

Maung Sway-gnong siedelte ins Missionshaus über. Freier und entspannter wurden seine Züge, aber er wagte kaum, etwas zu unternehmen vor lauter Furcht, die heiligen Gebote Gottes zu übertreten.

Adoniram sah oft nachdenklich auf seinen früheren Lehrer. Wie hoch und klug die Stirne war – und in den Augen darunter spiegelte sich eine ganze Welt: Angst, Verzagtheit, Sehnsucht, Hoffnung und vielleicht der Schimmer einer kommenden Freude.

Die Hälfte der Probezeit war vorüber. Da schlenderten die beiden eines Abends am Lotosteich entlang. Die Buddhastatue leuchtete im Gold der versinkenden Sonne. Gebannt sah Adoniram in den Glanz. Da schreckte ihn ein Schluchzen aus seiner Versunkenheit. Vor Buddhas strahlender Gestalt stand eine gefesselte Frau. Sie schaute flehend in die milden Züge des Erleuchteten; Tränen rannen unaufhörlich über ihr Gesicht, und ein wildes Schluchzen schüttelte die zarte Gestalt. Neben ihr standen ein Beamter und ein Mönch, hinter ihr einige Soldaten.

Maung Sway-gnong sagte erklärend: »Wohl eine Mörderin. Man wird das Gottesgericht bei ihr anwenden.«

Adoniram schaute ihn verständnislos an: »Gottesgericht? Wie wird das ausgeführt?«

»Man wirft sie ins Wasser. Sinkt sie unter, dann ist sie schuldig. Es ist eine sichere Probe, die schon oft die Wahrheit an den Tag gebracht hat.«

Empört sah Adoniram seinen Lehrer an. »Einen gefesselten Menschen ins Wasser werfen, um seine Unschuld oder Schuld zu erkennen? Das ist Grausamkeit! Das ist Mord!« rief er laut.

Mit raschem Schritt eilte er auf die kleine Gruppe los. Maung Sway-gnong stürzte ihm nach. »Sie dürfen sich nicht einmischen!« keuchte er. »Das Schicksal der unbekannten Frau geht uns nichts an. Nichts! Rein gar nichts!«

Adoniram sah ihm fragend in die Augen. »Wirklich nichts? Maung Sway-gnong?«

Trotzig stieß der Burmese hervor: »Jesus hat uns nirgends befohlen, uns in die Dinge zu mischen, die Sachen des Gerichts sind.«

»Aber Liebe zu üben, hat er uns befohlen«, antwortete der Missionar. Nach diesen Worten ging er unbeirrt auf die gefesselte Frau zu.

Maung Sway-gnong hielt ihn am Ärmel zurück. »Bleiben Sie! Bleiben Sie zurück!« flehte er. »Man wird Sie töten!«

»Ich muß die Unglückliche retten«, war die kurze Antwort, und Adoniram eilte weiter.

Da geschah in Maung Sway-gnong etwas Unerklärliches. Erst stöhnte er qualvoll auf, dann stammelte er ein kurzes Gebet. Und plötzlich wußte er, daß Gott etwas von ihm verlangte – eine tapfere Gehorsamstat. Mit zwei Sätzen hatte er den Missionar überholt. Er rannte, als gälte es sein Leben. Zehn Schritte trennten ihn noch von der unglücklichen Frau, dann fünf – in diesem Augenblick stießen die Soldaten ihr Opfer in den stillen Teich. Aufschreiend versank die Frau in den Fluten.

Da flatterte ein kirschrotes Gewand vor den Augen der Gesetzeshüter, Maung Sway-gnong drängte sie zur Seite – kopfüber stürzte er sich in den Teich, ergriff die wieder auftauchende Gestalt der Frau und versuchte, sie ans Ufer zu bringen. Adoniram kam ihm zu Hilfe; mit vereinten Kräften brachten sie die Gefesselte ans Land.

Versteinert standen die Richter am Ufer. Dann kam Leben in den Beamten. Wild brüllte er den Soldaten zu: »Legt die beiden in Fesseln; bringt sie ins Gefängnis!«

Maung Sway-gnong trat unerschrocken auf ihn zu. »Laßt den fremden Lehrer in Ruhe!« sagte er mutig. »Ich allein war es, der Euch an Euerm Urteil gehindert hat; der weiße Fremdling half mir nur.«

»Aber er machte den Anfang«, grollte der Richter. Und wütend schrie er Adoniram zu: »Warum hast du dich eingemischt?«

Schlicht antwortete der Missionar: »Mein Glaube erlaubt mir nicht, der Ausführung eines solchen Urteils untätig zuzusehen.«

»Auch der meinige wird es nicht gestatten«, ergänzte Maung Sway-gnong; er wunderte sich, daß keine Furcht und Angst in ihm war.

Adoniram sorgte sich um die zitternde Frau, die mit ängstlichem Blick um sich schaute. Er erbot sich, eine Summe Geldes für ihre Freilassung zu zahlen. Gnädig wurde sein Anerbieten angenommen. Man löste die Fesseln der Frau; sie warf noch einen Blick voll Dankbarkeit auf ihre beiden Retter und verschwand im Dunkel.

Der Beamte musterte Adoniram und seinen Freund. Dann winkte er den Soldaten. Nachlässig auf die beiden deutend, sagte er: »Sie kommen in den Kerker.« Die Soldaten nahmen die Gefangenen in die Mitte, der junge Mönch machte sich ängstlich aus dem Staube, der Beamte aber schritt vor seinen Opfern her. Adoniram sah noch einmal zu Buddhas Statue zurück. Sie stand im Dämmerlicht; die Sonne war untergegangen.

Der Missionar und Maung Sway-gnong wurden dem Richter vorgeführt. Durchdringend musterte er die Gefangenen und hörte sich höchst interessiert den Bericht des Beamten an. Daraufhin hüllte er sich in ein feierliches Schweigen.

Adoniram brach die Stille: »Richter, ich bitte Sie, strafen Sie mich allein!«

»Warum?«

»Weil ich derjenige bin, der die Lehre verbreitet hat, die so handeln lehrt, wie mein Freund gehandelt hat.«

Sehr kühl fragte der Richter: »Sie wollen also für Maung Sway-gnong die Folter auf sich nehmen?«

Adoniram wurde totenblaß; aber mit fester Stimme antwortete er: »Ja, ich bin bereit. Es stimmt mit der Lehre Jesu Christi überein. Ich kann es nicht aus eigener Kraft.«

Maung Sway-gnong stöhnte plötzlich verzweifelt auf, dann verbarg er sein Gesicht in den Händen.

»Nun«, wandte sich der Richter spöttisch an Adoniram, »man nennt Sie doch den ›Jesus-Christus-Mann‹. Was lehrt Ihr Christus über die Anwendung der Folter?«

Still antwortete Adoniram. »Er sagte nichts darüber. Er kannte nur das Kreuz. Aber er sprach: Niemand hat größere Liebe denn die, daß er sein Leben gibt für seine Freunde.«

Nachdenklich ruhte der Blick des Beamten auf Adonirams ausdrucksvollem Angesicht. Dann fragte er: »Sagte Christus es nur, oder tat er es auch?«

Maung Sway-gnong hielt den Atem an. Seine sonst so düsteren Augen strahlten auf, als er Adonirams schlichte Antwort vernahm: »Ja, er ließ sich kreuzigen, für seine Freunde und für seine Feinde.«

Der wachhabende Soldat beugte sich weit vor; gespannt lauschte er dem Gespräch. Er ahnte, daß das Wort vom Kreuz eine Gotteskraft ist.

Der Richter schwieg. Gedankenvoll starrte er auf Maung Sway-gnong. War dieser nicht von jeher ein Feigling gewesen? Immer auf der Flucht vor Mächtigen und Gewalthabern? Und nun hatte er es gewagt, dem hohen Gericht entgegen zu handeln? Wahrlich, eine Tat, die nur unerschrockene Männer wagten! Wer hatte aus dem Feigling einen Helden gemacht? Die Lehre des Jesus-Christus-Mannes? Oder der Glaube an Jesus Christus selbst? – Der Richter erhob sich und ging schweigend dem Ausgang zu. Die Gefangenen waren allein.

Maung Sway-gnong hob den Kopf. In seinen Augen leuchtete ein warmer Schein. »Herr«, sagte er glücklich, »es ist eine wunderbare Lehre, die Sie uns gebracht haben. Sie führt den Menschen nicht nur in die Not hinein, sie führt ihn auch aus derselben heraus. Und in der Angst, da gibt sie eine Kraft, ja, eine große Freude.«

Adoniram nickte. Dann erhob er sich langsam. Weit offen stand die Tür des Gerichtssaals. Keine Wache hielt sie besetzt. Die Gefangenen waren frei. Durch die finsteren Gassen Ranguns zogen schweigend, aber mit einem Loblied im Herzen, die beiden Freunde, die mitten in der Angst die Herrlichkeit Gottes erlebt hatten.

Noch in derselben Nacht erhielt Maung Sway-gnong die Taufe. Wieder hatte der Mann am Kreuz einem aus Buddhas Gefolgschaft das Herz abgewonnen.

# Der Oberpriester Buddhas

Die »Goldene Gegenwart« suchte einen Hofarzt. Einen klugen, ganz besonderen natürlich. Aber Hofärzte sind selten. Wie also zu einem tüchtigen kommen? Boten wurden weithin gesandt. Und kehrten erfolglos zurück. Einer aber brachte Kunde.

Die »Goldene Gegenwart« ließ sich von ihm berichten. Rangun – Missionshaus – ein weißer Arzt – unheimlich geschickt, das waren so die Stichworte des Berichterstatters.

Der »Herr über Land und Wasser« sandte Befehle nach Rangun. So kam es, daß der erst vor kurzem von der Missionszentrale ausgesandte Arzt Jonathan David Price mit dem Eilboot des Königs zu der neu ernannten Residenz Ava fuhr. Sein Begleiter war Adoniram Judson. Der König hatte ihn als Dolmetscher des ausländischen Arztes zu sich befohlen.

Adoniram war es zumute wie im Traum. Wieder am Hof, dazu vom König selbst beordert, das bedeutete Hilfe für die kleine Missionsgemeinde in Rangun. Das war aber auch zugleich Vorstoß in neues, feindliches Gebiet.

Fast täglich hatten die beiden im Palast zu erscheinen. Meist richtete der König das Wort an Dr. Price, sprach über Krankheiten und ihre Heilung, über Arzneimittel und ärztliche Instrumente; den Missionar übersah er gewöhnlich. Dafür hatte Adoniram Gelegenheit, in den Hofkreisen zu verkehren, und da und dort konnte er etwas von der Botschaft sagen, die ihm auf dem Herzen brannte.

Da war Prinz Meng-myat-bo, ein Krüppel, der wollte von Adoniram hören, wer Jesus Christus sei. Dann schickte die ältere Schwester des Königs nach ihm und bat: »Ich möchte gerne lesen lernen, fremder Lehrer. Sobald Ihre Frau aus Amerika zurückkehrt, soll sie nach Ava kommen, damit ich durch sie Ihre heiligen Schriften lesen lerne. Ich dürste nach Erkenntnis.«

Adoniram war glücklich. Am Königshof offene Türen, in Hofkreisen Durst nach Erkenntnis – kam nun die Zeit, daß Jesus Christus in ganz Burma Einzug halten konnte?

Eines Tages richtete der König das Wort direkt an Adoniram. »Ihr Schwarzgekleideter«, fragte er von oben herab, »was seid denn Ihr eigentlich? Auch ein Arzneimann?«

»Nein, kein Arzneimann, o ›Herr der weißen Elefanten‹, sondern ein Lehrer der Religion.«

Des Königs Gesicht verfinsterte sich zusehends. Drohend fragte er: »Hat irgend jemand Eure Religion angenommen, fremder Lehrer?«

Adoniram sah in das düstere Angesicht. Tapfer antwortete er: »Einige wohl, Eure Majestät, hier zwar nicht, aber in Rangun.«

Der König starrte vor sich hin. Schweigen lag im Raum – eine schwüle Atmosphäre. Dann glätteten sich des Königs Züge; er griff ein anderes Thema auf. »Was wißt Ihr über Sternkunde, fremder Lehrer?« fragte er neugierig.

»Ich kenne die Lehre des Kopernikus, Eure Majestät.«

»Gut, so erklärt mir diese Lehre!«

Adoniram gab ein klares und anschauliches Bild vom Weg der Gestirne. Entzückt hörte der König zu. Dann ging ein Lächeln über das grausame Gesicht und anerkennend sagte er: »Ihr habt eine wundervolle Stimme, o Lehrer, tief und dennoch sanft. Gerne möchte ich mehr hören.«

Die Audienz war beendet. Adoniram war glücklich. Der König wußte also nun, daß einige seiner Untertanen die neue Lehre angenommen hatten, und hatte kein Wort dagegen gesagt. Er schien es still zu genehmigen. Ein Wunder sei das, meinte Adoniram dankbar zu Dr. Price. Der freute sich auch darüber, aber seine Gedanken waren anderswo, bei Heilmitteln und ärztlichen Instrumenten.

An einem der nächsten Tage begegnete Adoniram einer längst bekannten Gestalt: dem Gaing-ok. Sprachlos blieb der Missionar stehen. Was suchte der Gaing-ok hier in Ava, der Residenz des Königs? Warum war er nicht in seinem Kloster in Rangun?

Der Gaing-ok stellte sich Adoniram mitten in den Weg; sein gelbes Gewand leuchtete grell im Sonnenlicht; seine Augen flackerten. »Kommt in das Zayat, fremdes Tier«, befahl er barsch. »Wir haben etwas zu besprechen.«

Stillschweigend gingen die beiden dem Rasthaus zu. Dort setzten sie sich einander gegenüber. Und plötzlich sah der Mönch unglücklich drein. Seine Augen richtete er forschend auf den Missionar, dann sagte er leidenschaftlich: »Ich bin bereit, anzuerkennen, daß Ihr Eigenschaften heiliger Art habt. Sie standen schon damals auf Eurer Stirn geschrieben, als Ihr nach Burma kamt. Ich will mich nicht auf die Frage Eures Karmas einlassen, aber ich möchte bemerken, daß Ihr, wenn Ihr ein Buddhist wäret, und zwar ein ebenso eifriger, wie Ihr ein Jesus-Christus-Mann seid, ein großes Verdienst haben würdet.«

Adoniram war kein Wort entgangen. Lag in den Worten des Gaing-ok ein Zugeständnis? Oder wollte der Mönch versuchen, ihn auf den Weg des Buddhismus zu bringen? Offen schaute er dem Oberpriester in die Augen und erwiderte höflich: »Eure Religion ist voller Schönheit, aber sie ist nicht für mich bestimmt.«

Der Mönch fuhr in die Höhe. »Und die Eurige ist nicht für mich«, stieß er hervor. »Ich habe Maung Sway-gnong getroffen und lange über Eure Religion ausgefragt, aber ich will sie nie zur meinigen machen.« Grübelnd blickte der Gaing-ok über das Wasser, das sich vor ihnen dehnte. Nachdenklich sagte er dann: »Ich gebe ja zu, daß ein Glaube, der aus Maung Sway-gnong, meinem ehemaligen Schüler, wirklich einen Mann gemacht hat, nicht zu verachten ist. Zudem bin ich bewegt worden durch die Jesusgeschichte, die er mir vorgelesen hat. Aber, o Lehrer, es ist eine traurige Geschichte, eine Geschichte mit einer zu schweren Forderung für ein einfaches Volk, wie die Burmesen es sind.« Der Gaing-ok krampfte plötzlich seine Hände ineinander und stieß flehend hervor: »Ich bitte Euch, o fremder Lehrer, bei Eurer Barmherzigkeit, die Eurer Lehre zu eigen ist: Kehrt zurück in euer Heimatland! Laßt uns in Frieden! Laßt uns allein!«

Adoniram schüttelte unmerklich den Kopf: »Euch allein lassen? Das darf ich nicht. Ich will Euch die Lehre, die Euch ergriffen hat, weiter erklären. Oh, nehmt sie doch an und forscht in unseren Schriften, bis Ihr zum Ziel kommt!«

»Nein!« donnerte der Gaing-ok und hielt abwehrend seinen Fächer vors Gesicht. »Geht! Geht! Ich will nichts weiter hören!«

Adoniram begriff die Leidenschaft des Mönches. Da stand ein Mann vor ihm, der hatte Angst – Angst, die neue Lehre könnte ihn von Buddha, dem Erleuchteten, abbringen. Ernst sagte er: »Euer Volk ist nicht so frei, als es zu sein vorgibt, o Gaing-ok. Wenn Ihr in mein Land kämet, dürftet Ihr Eure Lehre überall verbreiten, sofern diese nicht im Widerspruch zu der Regierung stünde.«

Der Gaing-ok seufzte tief; dann schaute er wieder versunken in das Wasser des Teichs. Endlich stand er auf. In seiner Stimme lag ein harter Klang, als er nun sagte: »Was nützt unser Reden? Ich habe einen Befehl für Euch. Der Vorsteher aller Mönche in Burma macht mich dafür verantwortlich, daß Ihr Euch entfernt. Wenn Ihr nicht weggeht, kann ich aus meiner Stellung wer weiß wie weit herabsinken. Darum bitte ich Euch zum letztenmal: Kehrt zurück in Euer freies und glückliches Land!«

Adoniram hätte dem alten Mann, der da bittend und befehlend vor ihm stand, gerne geholfen. Aber weggehen von Burma? Nein! Er nahm die Hände des Gaing-ok in die seinen und sagte bewegt: »Ich kann nicht gehen, o Gaing-ok; ich rede die Wahrheit. Mein Gott gestattet mir nicht heimzukehren. Er will mich hier in Burma haben.«

Der Mönch riß seine Hände los. Verzweifelt schrie er auf: »Dann sind wir beide verloren, Ihr und ich! Der heutige Tag allein kostet mich die Verdienste eines halben Menschenlebens, weil ich Euch zuhörte. Wenn Ihr nur ginget! Wenn Ihr nur ginget!« Der Gaing-ok stöhnte auf wie ein Schwerverwundeter. Er raffte sein gelbes Gewand zusammen, schaute noch einmal vorwurfsvoll auf den Missionar und bog ohne Gruß in eine Seitenstraße ein.

Erschüttert blieb Adoniram zurück. Christus oder Buddha? Wer würde in Burma siegen?

Der Sieg – nun, der war vorerst unentschieden. Wichtig aber blieb eines: das tapfere Ausharren der Christen.

# Die Hochzeitsreise

Den Irawadi stromauf fuhr ein Schiff. Die Reisenden meinten, keine Räuberhorde könnte es überfallen, kein Sturmwind dürfte ihm etwas anhaben. Denn unter dem Sitz des Steuermanns lag regungslos – einem schillernden Knäuel gleich – eine Riesenschlange, Burmas heiliges Tier. Der Kapitän erklärte jedem, der es hören wollte, daß er ohne die verehrte Schlange an Bord gar nicht stromaufwärts fahren würde, der Gefahren auf dem Irawadi gäbe es zu viele.

Auch Adoniram und seine Frau bekamen diese Weisheit zu hören, als sie an einem Dezembertag in Rangun das Schiff bestiegen. Sie nickten zu des Kapitäns Worten mit dem Kopf und warfen einen Blick auf die Riesenschlange. Doch was ging sie die Riesenschlange an? Sie standen an Deck des Schiffes und schauten sich glücklich in die Augen. Am 5. Dezember war Anne in Rangun eingetroffen, wo Adoniram seit Wochen auf die Ankunft des Schiffes gewartet hatte. Und endlich, endlich, nach zwei langen Jahren der Trennung, gehörte seine Anne ihm wieder. Sie durften wieder zusammen sein, einer des anderen Freude und Trost.

Anne fand ihren »Don« verändert. Manche Schmerzenslinie war in sein Gesicht eingegraben; die einst so sonnigen Augen blickten ernst, verantwortungsbewußt; über die hohe, freie Stirn zogen hin und wieder dunkle Schatten.

Anne strich weich über Adonirams Gesicht. Dann leuchteten seine Augen wie einst. Und die Lippen, die die bittere Einsamkeit fest verschlossen gehalten hatte, öffneten sich wieder. Adoniram erzählte von Not und Enttäuschung, von heißem Kampf und einem Saatfeld voller Hoffnung.

Anne hörte still und nachdenklich zu. Von Ava, des Königs Residenz, ließ sie sich berichten, von Dr. Price und seinen Erfolgen, vom König Bagyu-daw, von Europäern am Fürstenhof, von Missionar Colmans Tod, von drohender Kriegsgefahr zwischen England und Burma und von wichtigen Begegnungen mit dem Gaing-ok und anderen Menschen. Anne lernte ihren neuen Wirkungskreis in Ava jetzt schon auf dem Schiff kennen und freute sich darauf.

»Wie eine Hochzeitsreise«, sagte Adoniram beglückt, als er mit Anne an der Reling lehnte und über das schimmernde Wasser schaute. Am Ufer zogen weiße Pagoden vorüber, blaue Hügel wechselten mit grünen Ebenen; weit im Hintergrund stiegen Berge auf, dunkel und geheimnisvoll, lockend und doch voller Abwehr. Über Land und Wasser aber blaute der Himmel, und goldene Sonnenstrahlen zauberten eine Farbenpracht – überirdisch schön und erhaben.

Auch vertraute Menschen machten die »Hochzeitsreise« mit. Da war Koo-chil, der treue Koch. Sehr energisch hatte er in Rangun erklärt, daß er nur Judsons Diener sei und überhaupt nicht daran denke, für andere Weiße in Burma zu arbeiten. Wenn seine Herrschaft nun in Ava wohnen würde, so ginge er selbstverständlich mit. Auch Maung Ing kehrte dem Missionshaus in Rangun den Rücken mit der Begründung, er wollte in Ava unter dem »Goldenen Schutz« die Kirche mit erbauen. Ma So fand es auch besser, bei Adoniram zu sein. So hatte sie ihr Bündel gepackt und sich ebenfalls der kleinen Schar zugesellt. Adoniram nahm die treuen Leute gerne mit. Das Missionshaus in Rangun wußte er unter der Leitung George Houghs, des Buchdruckers, wohl versorgt. Zudem hatte die Heimat wieder ein Missionsehepaar zu Hilfe geschickt: Jonathan und Debora Wade. Die wollten nun die Arbeit in Rangun weiterführen.

Adoniram sah getrost in die Zukunft. Noch stand die Shwe-Dagon als unumstrittenes Heiligtum Burmas; noch betete ein ganzes Volk zu Buddha, dem Erleuchteten. Mitten im heidnischen Land aber waren Menschen dabei, das Kreuz Jesu Christi aufzurichten, das sieghafte Zeichen, das der ganzen Welt Freiheit und Erlösung bringt.

## Seine Hände sind ohn' Ende

Zwischen Pflaumen- und Tamarindenbäumen stand ein kleines Haus, Adonirams Wohnhaus in Ava. Das Wasser des Flusses rauschte vorüber, und Annes Gedanken zogen in schlaflosen Nächten mit ihnen in unbekannte Fernen.

Tagsüber hörte sie das Rauschen kaum. Unermüdlich machte sie Besuche, und überall wurde sie vorgelassen. Die Herrschaften des Hofes freuten sich wie Kinder an der weißen, fröhlichen Frau und ließen sich von ihr in alle möglichen Wissenschaften einführen. Adoniram hielt Gottesdienste, übersetzte Bibelteil um Bibelteil und ging jedem einzelnen nach, der den Gottesdienst besuchte. So bescheiden war die Arbeit, so klein fing sie wieder an, aber es war Saatzeit – stille Saatzeit für Ava.

Mitten in das verborgene Arbeiten hinein platzte eine Schreckensnachricht: »Rangun von den Engländern genommen!« Aus war es mit der Ruhe! Den Fluß hinauf am Missionshaus vorbei zogen Kriegsboote in großer Zahl. In Ava sammelten sich eingeborene Soldaten; Verhöre mit Europäern wurden angestellt; Menschen der Spionage verdächtigt. Mißtrauen keimte auf – um das Missionshaus her war es plötzlich sehr still geworden.

Eines Tages kam Maung Ing mit der Kunde heim, zwei Engländer, der Kaufmann Henry Gouger und der Kommandant eines Handelsschiffes, John Laird, seien von der Königlichen Garde in Untersuchungshaft geführt worden. Da wußte Adoniram, daß es auch für ihn ernst werden konnte. Er war allerdings Amerikaner, hatte aber viel mit Henry Gouger verkehrt; zudem war die »Goldene Gegenwart« ihm schon lange nicht mehr freundlich gesinnt.

Und der Schreckenstag kam. Kurz vor dem Mittagessen stürmte ein burmesischer Beamter ins Missionshaus. »Wo ist der fremde Lehrer?« schrie er.

Adoniram trat dem Beamten entgegen. »Hier«, sagte er ruhig. »Was wollt Ihr von mir?«

»Der König befiehlt Sie zu sich«, war die barsche Antwort des Burmesen. Dann rief er zur Tür hinaus: »Komm herein, Fleckengesicht!«

Das Fleckengesicht, der Scharfrichter mit den kreisförmigen Brandmalen auf dem Gesicht, steckte seinen ungekämmten Kopf in den Raum. Hinter ihm schauten schmutzige Gesichter zur Tür herein. Im Kommandoton befahl der Beamte: »Greift den Lehrer!«

Das Fleckengesicht sprang auf Adoniram los und drückte ihn nieder. Dann knüpfte er ihm das Folterseil um den Hals und band seine Hände.

Anne schrie auf: »Laß ihn! Ich gebe dir Geld!«

Der Beamte musterte sie vom Kopf bis zu den Füßen. Dann klang wieder seine barsche Stimme: »Nehmt sie fest! Sie ist auch eine Fremde!«

Adonirams Augen funkelten. »Nein!« donnerte er. »Laßt meine Frau in Ruhe! Ich werde Euch mit dem besten Silber bezahlen.«

Der Beamte wandte sich hohnlächelnd von Anne ab; spöttisch nickte er ihr zu und sagte: »Ich werde später wiederkommen, meine Lotosblüte!« Dann gab er den Befehl zum Abmarsch.

Adoniram sah noch einmal in Annes totenblasses, gequältes Gesicht. Wer würde ihr nun beistehen? Wer konnte sie schützen? Kein Wort des Trostes fiel ihm ein; wie im Traum ging er zwischen dem Beamten und dem Fleckengesicht zum Gehöft hinaus. Brutal riß der Scharfrichter am Strick und zerrte seinen Gefangenen dem Gerichtshof zu. Gefesselt hörte Adoniram sein Urteil an: »Der Lehrer, der die fremde Religion verbreitet, ist ins Todesgefängnis abzuführen!«

Das Todesgefängnis! Es hatte noch einen schauerlicheren Namen: »Hand, laß nicht ab!« So rief man im Todesgefängnis dem obersten Kerkermeister zu, wenn ein neuer

Gefangener eingeliefert wurde. Und der Kerkermeister befolgte dies Wort genau. Er ließ nicht ab, seine Gefangenen mit empörenden Grausamkeiten zu quälen.

Adoniram wurde in einen finsteren Raum geführt, so fürchterlich und schmutzig, daß dem Missionar für Augenblicke die Sinne schwanden. Fesseln wurden an seine Füße und Hände genietet und in einem Ring am Boden befestigt; die Ketten klirrten; der Kerkermeister stieß mit dem Fuß nach seinem Gefangenen und schlurfte hinaus.

Am Boden gefesselt lag Adoniram, um ihn her Dunkel, Schmutz, Schreien und eine fürchterliche Luft. Gab es keinen Lichtstrahl hier? »Christus am Kreuz, hilf uns!« stöhnte er auf. Und der Mann der Schmerzen war ihm nahe.

Adoniram richtete sich ein wenig auf. Er stützte sich auf den Ellbogen und versuchte, sich umzusehen. Da drang eine Stimme an sein Ohr: »Ach, Herr Judson, Sie werden nun mein Tröster sein!«

Adoniram kannte die Stimme. Sie gehörte dem jungen Kaufmann Henry Gouger. Laird, der Kommandant des Handelsschiffes, lag auch hier, dann noch der Engländer Rodgers, der jahrelang in Bagyi-daws Diensten gestanden hatte. Gegen Abend wurde Dr. Price hereingebracht und wie die andern an den Boden gefesselt.

Zwei schreckliche Tage folgten. Der Kerkermeister ließ nicht ab, seine Gefangenen zu quälen. Adoniram stellte sich mit seinen Leidensgenossen unter den Schutz Gottes. Und der ließ nicht ab, die armen gequälten Menschen zu decken und zu trösten, damit sie nicht verzweifelten.

Am dritten Tag erschien ein Henkersknecht. Er löste Adonirams Fesseln und führte ihn zur Tür. Der Missionar war auf alles gefaßt. Kam die Folter? Wartete der Tod?

Unter der Tür stand der Kerkermeister und neben ihm – Anne. Adoniram traute seinen Augen nicht. Dann sah er in das liebe, traurige Angesicht und hätte am liebsten geweint, bezwang sich aber tapfer und sagte: »Anne, rühr mich nicht an, ich bin so schmutzig. Anne, du mußt ein Boot nehmen und gleich stromab fahren!«

Seine Frau schien ihn nicht zu hören. Entsetzt schaute sie auf den verwahrlosten Mann vor sich. Was hatten sie ihm angetan? Tränen stiegen in die dunklen Augen; ein Schluchzen würgte sie in der Kehle. Ach, ihn jetzt trösten und liebhaben dürfen! Aber drohend stand der Wächter neben ihr. »Nur ein paar Minuten«, knurrte er. Und Anne schluckte die Tränen hinunter, schob einen Korb in Adonirams Hände und sagte mit einem warmen Lächeln: »Ich habe dir etwas mitgebracht.« Dann seufzte sie tief auf und flüsterte: »Ich will alles tun, was möglich ist, damit ihr Erleichterung bekommt.«

Adoniram sah wohl den Korb, doch jetzt lag ihm Anne am Herzen. »Geh weg aus Ava«, bat er inständig. Sie schüttelte nur stumm den Kopf. »Wie könnte ich mich von dir trennen, Don«, sagten ihre traurigen Augen. Dann reichte sie ihm die Hand. Barsch schrie der Wächter: »Ihre Zeit ist um, Ma Judson! Hinaus! Oder ich schleife Sie hinaus!«

Das war zu viel für Adoniram. Seine Augen funkelten. Drohend rief er: »Berühre sie nicht, du Hund!«

Anne warf ihrem Mann noch einen Blick zu. Nur Liebe lag darin. Dann kletterte sie eilend die Leiter hinab, die den einzigen Zugang zu dem Todesgefängnis bildete. Das Bambustor schlug zu.

Anne wirkte unermüdlich für die Gefangenen. So kam es, daß sie bald nach ihrem Besuch im Freien unter einem Schutzdach nächtigen durften. Bald aber ging es in den trostlosen Kerker zurück. Die Tage schlichen; Schmerzen, Angst und Mutlosigkeit wuchsen; und doch lebte jeder Gefangene sein eigenes Heldentum.

Nach vierzehn Tagen erschien Anne zum zweitenmal. Adoniram sah sie staunend an. Ein Burmesenkleid trug sie, darüber ein purpurseidenes Umschlagtuch. Ihre dunklen

Locken waren von weißen Blüten umwunden – fremd sah sie aus, märchenhaft schön.

Anne erzählte, warum sie als Burmesin käme. Das Eingeborenengewand mache erstaunlich viel aus, erklärte sie. Niemand belästige sie; ja, man sehe sie nicht einmal mehr an. Und zudem habe die Frau des Gouverneurs sie unter ihre Fittiche genommen; beim Gouverneur sei sie auch gewesen, der wolle für die Gefangenen tun, was er könne.

Die Minuten eilten. Eine Viertelstunde war Anne zum Bleiben vergönnt. Adoniram brannte noch eine Frage auf dem Herzen. »Wo sind meine Manuskripte? Meine Bibelübersetzungen?« fragte er hastig und leise.

Ebenso leise erwiderte Anne: »Versteckt, in Ölseide gewickelt und unter dem Haus vergraben.«

Adoniram schüttelte den Kopf. »Dort verderben sie. Bring sie mir! Mach mir ein festes Kissen daraus! Das wird so hart, daß keiner es mir wegnehmen wird.«

Anne nickte zum Zeichen ihres Einverständnisses, froh, etwas für ihn tun zu können.

Am andern Tag brachte Maung Ing seinem Herrn ein Kissen ins Gefängnis, das sich so hart anfühlte, daß der Kerkermeister es mißachtend dem Gefangenen zuschob. Adoniram nahm es an sich und hütete es fortan, barg es doch das Wichtigste, was er besaß, die Arbeit vieler Jahre – seine Bibelübersetzung.

Todesangst lag über der Todeszelle. Man hatte die Gefangenen mit besonderen Fesseln versehen und sie in die »Todesecke« geworfen. Was das bedeutete, wußten sie genau: noch eine Nacht am Leben sein, dann hingemordet werden.

Adoniram rang mit Angst und Zweifeln und Todesfurcht. Abschiedsschmerz zog ihm durch die Seele. Annes liebes Gesicht sah er vor sich – unerreichbar fern schien sie. Und er brauchte doch einen Menschen, *einen* Menschen nur, der mit ihm Dunkel und Grauen durchlitt. Keiner war da. Nur undurchdringliche Finsternis rings um ihn her.

Der Missionar griff nach seinem Kissen. Was würde mit den übersetzten Bibelteilen geschehen? Umsonst! gellte es dem Gefangenen hohnvoll in die Ohren. Dein Leben ein Mißerfolg, hämmerte der Puls, klopfte das Herz.

Adoniram riß an seinen Ketten. Grauenvoll klirrten sie. Irgendwo in einer Ecke schluchzte einer der Todgeweihten auf – Rodgers war es wohl. Wo blieb die Hilfe? Der Gefangene lauschte in die Nacht. »Wo ist Gott?« stöhnte er in sich hinein. Gott? – Unsichtbar und fern. In lichten Höhen vielleicht.

Aber hier – hier in der Todeszelle, wo war er da? Die Gedanken wühlten und bohrten. Zweifel fielen über Adoniram her wie gewappnete Reiter. Wer konnte sie aus dem Felde schlagen?

»Christus, hilf uns!« murmelten die fieberheißen Lippen des Missionars. Seine Augen suchten das Dunkel zu durchdringen, seine Hände klammerten sich an den unsichtbaren Christus. Da zerbrachen die Kerkermauern, da zerriß die Finsternis. Adoniram konnte wieder erfassen, daß *einer* immer da ist – auch in Nacht und Grauen der Todeszelle – Christus, der Sichtbargewordene, den man berühren durfte, und der Auferstandene, der eine Tatsache war.

Durch Ritzen und Dachluken floß silbern das Mondlicht. Adoniram sah den hellen Glanz. Vor seinem inneren Auge leuchtete die Herrlichkeit und Klarheit seines Herrn.

Eine Stimme klang durch den Raum. Ein entschlossenes junges Gesicht neigte sich zu dem Missionar hinüber. Henry Gouger bat schlicht: »Beten Sie mit uns, es wird manchem eine Hilfe sein.«

Adoniram betete. Und die Finsternis blieb nicht finster, und die Todesangst wich. Selbst Rodgers hörte auf zu stöhnen. Durch die Todeszelle ging Jesus. Und sein Bote sagte ins Dunkel hinein: »Jesus spricht: Den Frieden lasse ich euch. Meinen Frieden gebe ich euch. Nicht gebe ich euch, wie die Welt gibt. Euer Herz erschrecke nicht und fürchte sich nicht.«

Wohl kam der Scharfrichter am nächsten Tag ins Gefängnis, aber keiner der Gefangenen wurde abgeführt. Der Tod ging noch einmal vorüber.

Neue Gefangene wurden in das Gefängnis geschoben. Dicht neben Adoniram rasselten die Ketten. Er schaute auf. Und für einen einzigen Augenblick vergaß er den Kerker. In strenge und doch gütige Augen schaute er, in ein kluges, waches Gesicht. Den Lotosteich meinte er vor sich zu sehen und die strahlende Buddhagestalt – für Sekunden nur. Dann ragten wieder Mauern um ihn her. Er war im Todesgefängnis. Aber da neben ihm, das war kein anderer als der Oberpriester, der Gaing-ok. Mitleid mit dem alten Mann überkam Adoniram. Wie mußte die Schmach, ein Gefangener zu sein, den geachteten Priester drücken. Das gelbe Ordensgewand hatte man ihm genommen; um seine Hüften trug er ein fadenscheiniges grünes Tuch. Wie mußte ihm grauen in diesem Loch voller Unrat und Schmutz.

Adoniram wollte sich ihm zu erkennen geben. Aber wie? Ihn beim Namen anreden? Es würde die Qualen des Oberpriesters nur vermehren, wenn er seinen Namen vor den Mitgefangenen nannte. Zum gegenseitigen Erkennen war es zu dunkel. Was tun? Da zog dem Missionar das »Gespräch mit dem Erhabenen« durch den Sinn. Das mußten Heimatklänge für den Oberpriester Buddhas sein. Vorsichtig, wie zu sich selbst sprechend, fing Adoniram an aufzusagen: »Hier sind keine Bremsen, so sprach der Hirte Dhaniya. Die Kühe durchstreifen Wiesen voll Gras, und sie halten den Regen wohl aus. Darum regne, o Himmel, wenn du willst!«

Der alte Mann neben ihm richtete sich plötzlich unter großer Mühe auf. Und Adoniram zugewandt, gab er die Antwort des Erhabenen: »Ich habe ein gutes Floß gebaut, so sprach der Gesegnete. Ich bin herübergefahren. Ich habe das entlegene Ufer erreicht. Ich habe den Sturm der Leidenschaft besiegt. Nun brauche ich das Floß nicht mehr. Darum regne, o Himmel, wenn du willst!«

Adoniram fuhr fort: »Mein Weib ist gehorsam, sie hat ...«

Weiter ließ ihn der Gaing-ok nicht reden. Er beugte sich zu Adoniram hinüber, so weit es möglich war, und rief erstaunt: »So, Ihr liegt hier, mein Feind!«

Adoniram erwiderte: »Ja, ich liege hier, mein feindlicher Freund. Bin ich schuldig, daß auch Ihr hier seid?«

»Zum Teil«, sagte der Gaing-ok finster. »Ich wollte nicht rundweg verneinen, daß Euer Gott ein Vorläufer des Buddhas gewesen sei. Dann habe ich noch den ›Herrn der weißen Elefanten‹ gebeten, Maung Sway-gnong vor der Folter zu schützen. Er fiel in Ungnade wegen seiner Freundschaft mit Euch und seinem Glauben an Jesus Christus. Einzelheiten weiß ich nicht; aber er ließ mir eine Botschaft zukommen.« Der Gaing-ok schwieg. Seine traurigen Augen suchten die Dunkelheit zu durchdringen, aber wohin er blickte, waren nur Umrisse zu erkennen.

Adoniram kam ein kühner Gedanke. Wenn er den Gaing-ok loskaufte? Er hatte Silbergeld zu Hause. Ein langes Gespräch wurde mit dem Kerkermeister geführt; der ließ sich bewegen, den Gaing-ok zu befreien. Ein heiliger Mann gehöre sowieso nicht ins Gefängnis, meinte er; der sei wohl irrtümlicherweise hier.

So kam es, daß die Fesseln des Oberpriesters gelöst wurden. Als er sich langsam, mit schmerzenden Füßen erhob, sagte Adoniram lächelnd: »Die Pfähle sind eingerammt und können nicht bewegt werden, also sprach der Hirte Dhaniya. Die Seile sind aus heiligem Gras gedreht, neu und fest gemacht. Die Kühe können sie nicht zerreißen. Darum regne, o Himmel, wenn du willst!«

Der alte Mann sah in die sehnsüchtigen Augen des Missionars und antwortete mit gebrochener Stimme: »Wie ein Stier habe ich die Bande zerrissen, also sprach der Gesegnete. Wie ein Elefant habe ich die Stricke zerrissen; ich brauche nicht wiedergeboren zu werden. Darum regne, o Himmel, wenn du willst.«

Ein unsicheres Lächeln ging hinüber und herüber. Die beiden nahmen Abschied voneinander. Der eine, der Buddha diente, zog in die Freiheit; der Christuskämpfer blieb im Todesgefängnis liegen. Beide aber trugen die gleiche Sehnsucht – einmal gemeinsam Dienst zu tun unter einem gemeinsamen Herrn.

Ein Tag reihte sich an den anderen. Jeder brachte neue Not, größere Schmerzen, aber auch nie geahnten Trost. Adoniram war zum Sterben müde. Und doch vergaß er keinen Tag, daß Gott ihn nach Burma gesandt hatte; er mußte also auch im Todesgefängnis seinen Dienst tun. So hielt er Andachten, tröstete die Mitgefangenen, erzählte Geschichten und wurde so den anderen Halt und Trost.

Immer wieder wagte sich Anne die Leiter zum Gefängnis herauf, und Koo-chil kam mit Früchten und Stärkungsmitteln. Eines Tages aber drang eine Freudenbotschaft zu Adoniram, die bedeutete ihm mehr als herrliche Geschenke: Anne war Mutter geworden. Koo-chil erzählte glückselig von der kleinen Maria, die mit klaren Äuglein in die Welt schaue.

Nach dieser Botschaft lag Adoniram ganz still auf seinem schrecklichen Platz im Gefängnis. Die Güte Gottes, die Leben schenkte, mitten in Krieg, Furcht und Blutvergießen, überwältigte ihn. Er stellte sich sein kleines Mädchen vor, er sah die Mutter darüber gebeugt; seine Sehnsucht brach durch Mauern und Schmerzen und führte ihn heim zu Weib und Kind – für Augenblicke nur, aber die Freude blieb, die Freude über das Gottesgeschenk.

Monat um Monat verging. Immer noch war der Ausgang des Krieges unentschieden. Ins Todesgefängnis drang Nachricht vom Vordringen der Engländer, von der Einnahme Promes, vom Zurückweichen der Burmesen. Die Gefangenen schöpften Hoffnung; nun mußte man sie doch befreien!

Der Krieg rückte näher. Die Gefangenen wurden in ein anderes Lager gebracht. Die Kunde von der Übergabe Avas kam. Und eines Tages öffneten sich die Kerkertore. Für einen wenigstens, für Adoniram Judson.

»Mach auf!« brüllte eine derbe Stimme vor dem Gefängnistor. Der Wächter eilte dem Ausgang zu. Ein Bote stand draußen, der zeigte gewichtig ein beschriebenes Palmblatt vor. Der Kerkermeister versenkte sich darin. Dann trat er vor seine Gefangenen und rief Adoniram zu: »Fremder Lehrer, Ihr sollt vor der ›Goldenen Gegenwart‹ erscheinen und Eure Habseligkeiten mitnehmen.«

Adoniram trat vor. Gebückt und müde, mit schmerzenden Fuß- und Handgelenken – ein Anblick zum Erbarmen. Aber in seiner Stimme lag Hoffnung, als er eilends fragte: »Warum wünscht man mich?«

Der Kerkermeister sah ihn streng an und sagte: »Vertraut ›der Herr von Luft und Erde‹ etwa seine Absicht seinen Hunden an?«

Adoniram machte sich schnell zurecht, nahm Abschied von seinen Mitgefangenen, dann ging es auf einem Ochsenkarren der Residenz des Königs zu.

In der Dämmerung erreichten sie Ava. Adoniram wurde in das Gerichtsgebäude gebracht. Mit klopfendem Herzen schleppte er sich todmüde die Stufen hinauf, von der Frage umgetrieben, was nun wohl geschehen würde.

Sechs königliche Beamte saßen um ein flackerndes Licht. Sie schauten auf, als Adoniram durch die Tür trat. Dem Missionar kam es vor, als atmeten sie erleichtert auf. Keiner sprach. Alle starrten auf den müden Mann, der sich mit Mühe aufrecht hielt.

Adoniram grüßte. »Da bin ich, ihr Herren von Burma«, sagte er. Einer der Beamten beugte sich vor. Hastig fing er zu sprechen an: »Die Engländer haben unsere Städte besetzt. Nun sagen sie, sie wollen über den Frieden mit uns verhandeln. Was meinen die Engländer eigentlich damit, o weißer Lehrer? Sie wollen unsere Westküste haben und noch einen Landstrich, der uns gehört. Das geht doch nicht. Wir brauchen einen Mann, der für uns verhandelt.«

»Einen weißen, klugen Mann«, wiederholte ein alter Geheimrat des Königs und sah den Missionar bedeutungsvoll an. »Ein gewisser Mönch hat uns mitgeteilt, daß Sie große Weisheit besitzen und auch so etwas wie ein Mönch seien.«

Adoniram wußte sofort, das konnte nur der Gaing-ok gewesen sein, und er sandte für Augenblicke seine Gedanken zu dem »feindlichen Freund«. Dann betete er innerlich um das rechte Wort. Als Bote des Friedens war er von seinem Herrn nach Burma gesandt worden, und als solcher mußte er hier ein entscheidendes Wort sprechen. Sehr vorsichtig begann er vom Unrecht der Burmesen zu sprechen, die diesen Eroberungskrieg angefangen hätten, und daß es nun keinen anderen Weg gäbe, als die Bedingungen der Engländer anzunehmen.

Ein langes Gespräch folgte seinen Ausführungen, bis schließlich der erste Redner sagte: »Der ›Herr des Lebens‹ schickt Sie morgen den Irawadi hinunter in das Hauptquartier des Prinzen Meng-myat-ba in Melun. Dort werden Sie für uns dolmetschen und verhandeln. Sie haben also morgen abzureisen.«

So wurde Adoniram, der Gefangene des Todesgefängnisses, zum Friedensvermittler und Dolmetscher zwischen den Engländern und den Burmesen. Man brachte ihn ins Hauptquartier des burmesischen Prinzen, dann stand er vor dem britischen Gesandten und endlich vor dem Befehlshaber selbst, vor General Archibald Campbell. Boten eilten hin und her. Verträge wurden aufgesetzt; der »Herr des Lebens« weigerte sich, sie zu unterschreiben. Stundenlang mühte sich Adoniram, ihm und den burmesischen Befehlshabern Satz um Satz der Vertragsbestimmungen klarzulegen, zu übersetzen und nach allen Seiten hin zu beleuchten.

Wochen gingen darüber hin. Immer noch hegte Bagyidaw Mißtrauen, ob die Engländer nach der Annahme des Vertrages auch sein Land verlassen würden. Im Ratssaal des königlichen Palastes ging er ruhelos vor Adoniram auf und ab. Endlich blieb er vor ihm stehen und fragte bescheiden: »O Lehrer! Ihr die Wahrheit sprechender Jesus-Christus-Mann, seid Ihr so sicher, daß die Engländer ihren Marsch einstellen und zurück nach Rangun gehen werden, wenn wir ihre schrecklichen Bedingungen erfüllen? – Seid Ihr darüber so sicher, daß Ihr Euch einverstanden erklärt, gekreuzigt zu werden, wenn die Briten nicht Wort halten?«

»Ich bin dessen gewiß, o ›König vieler Zweifel‹«, erwiderte Adoniram.

Bagyi-daw schaute in Adonirams müde, freundliche Augen. Dann wandte er sich seinen Beamten zu und sagte schlicht: »Ich glaube dem, was der Lehrer sagt. Erfüllt die Vertragsbedingungen bis auf die letzte Silbermünze!« Die anwesenden Beamten zerstreuten sich. Bagyi-daw wandte sich noch einmal an den Missionar: »Maung Judson, Ihr sollt das Geld den Briten bringen. Aber dann kehrt zu mir zurück. Ich will Euch groß und reich machen.«

»Ich muß zu meinem alten Heim nach Rangun zurückkehren, o ›Goldener König‹«, antwortete Adoniram.

»Wie lange wollt Ihr dort bleiben?« frage Seine Majestät.

»Mein ganzes Leben lang.«

Bagyi-daw fand keine Worte mehr. Da stand ein Mann vor ihm, dem er und sein Volk die Freiheit genommen hatten, ein Mann, der jetzt noch Gefangener war und Wunden und Striemen an seinem Körper trug von der harten Behandlung im Todesgefängnis. Und dieser Mann war imstande, sein ganzes Leben, sein Wissen und Können, seine Liebe und seine Hilfe diesem grausamen Volk zu opfern.

Unwillkürlich neigte Bagyi-daw das stolze Haupt. Er ahnte, daß ein Bote vor ihm stand, der von einem mächtigen Herrn nach Burma gesandt worden war, von einem König der Liebe und des Friedens.

## Das Grab unter dem Kasuarinenbaum

Da strahlte sie wieder in goldenem Glanz – die Turmspitze der Shwe-Dagon. Adoniram schaute still an ihr hinauf. Ob sie noch immer ihr Geheimnis hütete? Dann löste er den Blick von der flimmernden Nadel. Wie im Traum schritt er weiter. Durch vertraute Straßen ging es, über holperige Steine, an Bambushütten und Rasthäusern vorüber, an Palmbäumen und duftenden Sträuchern – er war daheim – zu Hause in Rangun.

Neben ihm ging Anne. Schmal und zerbrechlich, aber mit strahlenden Augen. Immer wieder drückte sie ihrem Don die Hände. Es war kaum zu fassen, daß sie nun wieder beisammen waren.

Maung Ing glänzte übers ganze breite Gesicht. Mit Koochil kam er hintendrein und trug gewichtig die kleine Maria, seinen Augenstern.

Was tat es, daß das Missionshaus geplündert war? Die Missionare richteten sich ein, so gut es ging. Vorerst waren sie noch allein, denn Jonathan Wade, seine Frau und Houghs waren über die Kriegszeit von den Engländern nach Kalkutta abtransportiert worden.

Anne legte Matten auf die Böden, suchte nach Überresten von Geschirr und war nur bekümmert, daß sie für Adoniram kein Kissen hatte. »Ach, laß sein«, sagte der Missionar, »ich kann auch ohne Kissen schlafen. Nur eins bedrückt mich, mein hartes, kleines Kissen mit den Manuskripten fehlt. Das ist im Gefängnis geblieben. Sie gaben es nicht heraus, als ich ging.«

Maung Ing richtete sich vom Boden auf; kunstvoll hatte er Matten zurechtgerückt. Still verschwand er und kam nach kurzen Augenblicken wieder herein. Triumphierend rief er seinem Herrn zu: »Ich kann Ihnen ein Kissen geben!« In seinen Armen hielt er die mit Matten umwickelte Manuskriptrolle empor.

Glücklich griff Adoniram danach. Seine übersetzten Bibelteile – der Krieg hatte sie nicht vernichtet.

Maung Ing erzählte, daß das »Fleckengesicht« sich das Kissen angeeignet hatte, aber über seine Härte enttäuscht war. »Auf dem Abfallhaufen hinter dem Gefängnis habe ich das Kissen gefunden«, sagte Maung Ing. »Und weil ich wußte, o liebster Lehrer, welchen Schatz es birgt, habe ich es nachts geholt und bei mir verborgen.«

Adoniram schnitt das schmutzige Kissen vorsichtig auf und sah die stockfleckigen Blätter, die herauskamen, bewegt und glücklich an. Wann würden diese Bibelteile vervielfältigt von einer Hand zur anderen gehen?

Abends ging Adoniram durch den Garten, der einer Wildnis glich. Seine Gedanken wanderten zu den Freunden, die in Ava, Kalkutta, hier in Rangun und anderswo zerstreut waren. Wo aber sollte er seinen besten Freund suchen, Maung Sway-gnong? Adoniram dachte an alle die Begegnungen und Gespräche mit ihm, an sein plötzliches Auftauchen und Verschwinden, an die Taufe in stiller Nacht, und seine Gedanken gingen so lebhaft mit dem Freunde um, daß ihm war, als ginge Maung Sway-gnong unsichtbar an seiner Seite.

Anne trat plötzlich aus einem Seitenweg! Kummer lag in ihren Augen. Still nahm sie Adonirams Hand. Erstaunt sah er sie an; dann begriff er. Sie kam vom Grab des kleinen Roger. Er ließ sich von ihr unter den mächtigen Kasuarinenbaum führen, dessen Zweige sich schützend über das Kindergrab reckten. Daneben erhob sich noch ein anderer Hügel. Erstaunt trat Adoniram näher. Wen hatten sie hier begraben?

Ein Stein ragte auf; burmesische Buchstaben waren darin eingemeißelt. Adoniram beugte sich tief herab. Totenblässe überzog sein Gesicht, als er die Inschrift entzifferte: »Maung Sway-gnong, der geliebte Schüler des großen Lehrers.« Und darunter: »Er gibt den Seinen Ruhe.«

Adoniram kniete am Grabhügel nieder und weinte. »Er war mein Freund, mein bester Freund«, stöhnte er auf.

Anne streichelte über die roten Narben an Adonirams Handgelenk. »Er hat nun Ruhe, Don«, sagte sie still. »War er nicht immer ein gehetzter Mann? Und immer voller Angst und Unruhe, beständig auf der Flucht?«

Er antwortete nichts. Ja, voller Angst und Unruhe war sein Freund gewesen, bis, ja – bis er sein Leben seinem Herrn anvertraut hatte. Adoniram preßte seinen Kopf an den Grabstein. Leise sagte er: »Keiner weiß, was er mir war – all die furchtbaren Jahre, als du weg warst; er wußte um mich – er kannte meine Schwächen und meine Stärke. O Maung Sway-gnong!«

Dämmerung hüllte die beiden ein. Adoniram strich noch einmal mit der Hand über die Schriftzeichen und las das Trostwort: »Er gibt den Seinen Ruhe.«

Maung Sway-ba, der Pagodenbauer, erzählte dem Missionar in den nächsten Tagen noch manches von Maung Sway-gnong. Er war es auch, der ihm das letzte Wort des Freundes brachte.

Sie standen unter dem Kasuarinenbaum. Adoniram sah auf die Gräber; Maung Sway-ba aber blickte in die Blumenpracht und begann zu erzählen: »Er lebte nur für Christus, o Herr und Lehrer. Als seine Frau durch die Kugeln der Feinde getötet wurde, während man ihn in Haft hielt, sagte er, daß er nun um so mehr sein Denken auf Gott und auf Sie, seinen Lehrer, richten werde. Der Bau der Kirche erfüllte ihn ganz; er wollte bis zu Ihrer Rückkehr fertig sein. Und sein größter Wunsch ist es gewesen, Prediger des Evangeliums zu werden. Nun hat ihn vor zwei Wochen die Cholera niedergeworfen. Er bat mich, sein Werk weiterzuführen. Für Sie aber hat er mir ein Wort gesagt, das ich Ihnen als Botschaft ausrichten soll: ›Ich habe die Leidenschaft vergessen; ich wünsche nichts mehr; ich habe den großen Frieden erlangt. Darum regne, o Himmel, wenn du willst.‹«

Maung Sway-ba verabschiedete sich. Adoniram aber stand noch lange am Grab seines Freundes. Warum nur hatte Gott ihn weggenommen? Wäre er nicht für Burmas Christianisierung von unschätzbarer Bedeutung gewesen?

In Gedanken verloren ging der Missionar ins Haus. Tief, tief im Inneren aber freute er sich mit seinem heimgegangenen Freunde, der keinen Wunsch mehr kannte, weil er den großen Frieden erlangt hatte.

# Was ist das Leben? Was ist der Tod?

Hoch auf einem felsigen Vorgebirge lag Amherst, die neu gegründete Hauptstadt der Provinz Tenasserim, eines Landstreifens längs der Küste oberhalb der malaiischen Halbinsel. Adoniram stand mit seinem Freund, dem Engländer John Crawfurd, am steilen Bergrand und schaute über die blauen Wasser des Golfes von Martaban. Nicht träumend und untätig, sondern mit wachen Sinnen. Endlich sagte er: »Amherst muß der Ausgangspunkt unserer Missionsarbeit werden; es ist ein strategisch wichtiger Ort.« Seine Augen schweiften in weite Ferne. Warteten nicht überall Heiden auf die Botschaft vom Kreuz? Von hier aus konnte man nach allen vier Himmelsrichtungen ziehen, weit – weit, bis in den Urwald hinein.

Tatenfroh kam Adoniram von seiner Reise zurück. Es wurde gepackt, und die »Phönix« brachte die Missionare und ihre treuen Hausgenossen nach Amherst.

Unter einem Hopiabaum, der hoch am steilen Bergrand über der See stand, wurde das Missionshaus gebaut. Die Arbeit konnte beginnen.

Adoniram fiel der Wiederanfang schwer. Er versuchte, an seiner Bibelübersetzung zu arbeiten, aber es gelang ihm nicht, sich darauf zu konzentrieren. Kaum nahm er die Feder zur Hand, so stiegen drohend die Mauern des Gefängnisses vor ihm auf. Folterszenen, die er hatte mitansehen müssen, ließen ihn nicht los; die qualvolle Vergangenheit drängte sich unabweislich zwischen ihn und die Blätter der Bibel. Ruhelos ging er dann im Zimmer auf und ab, unfähig, zu denken und zu arbeiten.

Anne hörte die rastlosen Schritte; sie sah das gequälte Gesicht ihres Mannes, aber wie sollte sie ihm helfen? Sie war selbst am Ende ihrer Kraft.

Da bedeutete es für sie eine Gebetserhörung, als John Crawfurd, der Zivilbevollmächtigte der Provinz Tenasserim, Adoniram auf eine zweite Reise mitnehmen wollte. John Crawfurd hielt sich gerade in Amherst auf.

Sie saß dem Gast gegenüber und hörte ihn aufmerksam von seinen Plänen erzählen. Eine Gesandtschaftsreise nach Ava müßte er unternehmen. Interessante Leute würden ihn begleiten: ein Geograph, ein Botaniker, ein Geologe und ein paar andere Leute. Über Verträge sollte noch verhandelt werden, und dazu sei Herr Judson nötig.

Anne faltete die schmalen Hände über ihren Knien. In ihre blassen Wangen stieg eine feine Röte; ihre Augen sahen dankbar auf den Gast. Dann sagte sie langsam: »Ich will ganz offen sein, Herr Crawfurd; mein Mann braucht zur Zeit eine Kameradschaft, die ich ihm nicht geben kann; ich bin seelisch und geistig zu erschöpft. Und doch weiß nur ich, was mein Mann im Gefängnis durchgemacht hat. Sein Innenleben hat einen furchtbaren Stoß bekommen, Herr Crawfurd«, Anne sah den Besucher bittend an, »wollen Sie ihm diese Kameradschaft schenken, die er jetzt so bitter nötig hat?«

John Crawfurd schaute auf die zarte Frau, die ihm da gegenübersaß. Wie blaß sie war! Er mußte plötzlich an Blumen denken, an zarte, feine, die nur einen kurzen Sommer lang blühen. Kein Wort brachte er hervor. Anne wartete geduldig. Endlich sagte Crawfurd schlicht: »Ich habe Ihren Mann auf unserer zehntägigen Reise schätzen gelernt. Ich will ihm als Freund gern helfen, soweit ich es vermag.«

Anne atmete erleichtert auf. Dann holte sie ihren Mann. Unschlüssig hörte er erst seinen Freund an, schließlich aber fand er Freude an dem Plan und sagte zu.

Tage später lag in der blauen Bucht die »Phönix« zur Abfahrt bereit. Adoniram stand am Heck und schaute nach oben. Unter dem Hopiabaum, hoch über dem Wasser, winkte ihm Anne den Abschiedsgruß zu. Adoniram umfaßte die zarte Gestalt mit liebevollem Blick und hätte plötzlich seine Frau so gerne neben sich gehabt.

Anne schaute der »Phönix« nach, bis von Adoniram

nichts mehr zu sehen war. Dann suchten ihre Blicke den Himmel. Der wölbte sich weit über die schimmernde Bucht – Wolken zogen geruhsam über ihn hin. Annes Herz wurde still. Alles strebte einem Ziele entgegen. Sie und Adoniram auch.

Die kleine Gesandtschaft hatte am Hof in Ava nicht viel Erfolg. Der »Herr der weißen Elefanten« schien sehr ungnädig zu sein. So brach John Crawfurd schließlich die Verhandlungen ab und bereitete die Heimreise nach Amherst vor.

Adoniram freute sich aufs Heimkommen. Die Reise hatte ihm gut getan, viel Interessantes war ihm begegnet. Neue Eindrücke hielten ihn gefangen; blasser, verschwommener schauten ihn die grausamen Bilder der Vergangenheit an.

Kurz vor der Abreise nach Amherst hielt sich der Missionar bei Dr. Price auf. Er saß an einer Übersetzung der Vertragsbestimmungen, als er seinen Namen rufen hörte. Ein Bote stand vor ihm und überreichte ihm einen Brief mit schwarzem Siegel. Erschreckt nahm Adoniram den Brief zur Hand; mit schweren Schritten schleppte er sich ins Haus. Das schwarze Siegel – es kündete den Tod an. Den Tod seines Kindes?

Er riß den Umschlag auf und las: »Mein lieber Herr Judson! Für einen, der so viel und mit solcher Seelenstärke gelitten hat, braucht es nur ein kurzes, einleitendes Wort, um ihm eine so quälende Nachricht zu geben. Es wäre sogar grausam, Sie mit Zweifeln und Aufschub hinzuhalten. Um den unglücklichen Bericht kurz zusammenzufassen: Frau Judson lebt nicht mehr. Zu Beginn des Monats ergriff sie ein hitziges Fieber. Von Anfang an hatte sie das starke Gefühl, daß sie nicht mehr gesund werde, und am 24. Oktober, etwa acht Uhr abends, hauchte sie ihr Leben aus. Wir alle beklagen tief den Verlust dieser hervorragenden Frau, deren kurzes Hiersein doch lang genug war, um uns einen tiefen Eindruck ihres Wertes und ihrer Tugend zu hinterlassen. – Ihrem Töchterchen Maria geht es gut. Frau Wade ist mit ihrem Mann hier und betreut das Kind . . .«

Um Adoniram her fing alles an zu kreisen. Fahl wurden die Gegenstände, dunkel das Zimmer. Die Sonne schien wie ausgelöscht; dann versank alles in schwarze Nacht.

Wie durch einen Schleier sah Adoniram nach seinem Erwachen Crawfurd bei sich stehen. Sein Trostwort vernahm er aus weiter Ferne. Mechanisch griff er nach dem Unglücksbrief. Tränen verdunkelten seine Augen. Seine Blicke überflogen noch einmal die Zeilen. Da ging Crawfurd still hinaus.

Adoniram konnte es nicht fassen. Ein Leben ohne Anne? Das gab es ja nicht. Er sah sie vor sich stehen in all ihrer Lieblichkeit. Er meinte, sie sprechen zu hören, aber Grabesstille war um ihn her.

Sah es nicht auch in ihm aus wie in einer Totengruft? Wozu sollte er noch weiter leben? Die Gedanken kreisten und fanden keinen Ausweg. Nur ein Wort kam über seine Lippen. Immer dasselbe: »Anne! Meine Anne!«

Crawfurd kam wieder herein. Fürsorglich wie eine Mutter. Er nötigte den Freund zum Essen. In das todtraurige Gesicht blickte er, dann sagte er behutsam und doch mit fester Stimme: »Ich erinnere mich noch an das erstemal, da ich Ihre Frau sah. Ich dachte damals, wenn einer der früheren Maler sie gesehen hätte, so würde er sie als Modell für seine Engel gebraucht haben. Ihr dunkles Haar war über der reinen Stirn gescheitelt, ihre Hände waren weich. Und wenn sie redete, dachte ich, daß ich nie zuvor das Glück gehabt hätte, jemanden so voller Schönheit, Willensstärke und Einfachheit sprechen zu hören. Aber ich fühlte, oder ich wußte schon damals, daß eine so zarte Blume nur einen kurzen Sommer auf dieser Erde hätte. Sie war so anmutsvoll, aber so abgezehrt – so durchgeistigt . . .«

Weiter konnte Crawfurd nicht mehr sprechen. Still litt er mit seinem Freund und dachte mit Wehmut an die tapfere Missionarsfrau, die Jugend und Schönheit, Leben und

Liebe geopfert hatte für eine große Sache – für die Sache ihres Herrn.

Sechs Wochen später, am 24. Januar 1827, stand Adoniram am Grabe seiner Frau. Einsam lag es da am steilen Uferrand. Unten träumte die Meeresbucht – hoch oben aber dehnte sich der weite Himmel Burmas. Wieder zogen Wolken drüber hin wie am Abschiedstag – einem fernen Ziel entgegen.

Anne mußte ihr Ziel nicht mehr suchen. Sie hatte es erreicht. Sie war daheim.

Adoniram sah den Wolken nach. Und wagte den Blick durch sie hindurch. »Ach, lieber Herr Christus«, betete er, »du, der du beides durchlitten hast, was ist das Leben und was der Tod?« Es waren nur ein paar Worte, die er stammelte, aber mit dem armseligen Gebet ergriff er die rettende Hand seines Heilands.

# Entscheidung an der Buddhastatue

Das Klopfen eines Hammers dröhnte durch die Stille. Man nagelte den Sarg für die kleine Maria. Nur fünf Monate nach der Mutter Tod schloß sie die blauen Augen für immer. In ihres Vaters Armen war sie gestorben. Nun hatte Adoniram sich eingeschlossen. Keinen Menschen wollte er mehr sehen.

Da schreckte ihn das Klopfen aus seinem trostlosen Sinnen. Er hielt sich die Ohren zu. Umsonst. Ein Schlag folgte dem anderen. Adoniram ging erregt zur Tür, um Einspruch zu erheben. Er trat in das anstoßende Zimmer und hielt betroffen inne. Da standen zwei der schönsten Menschen, die er je gesehen hatte. Mit trauerndem Angesicht neigten sie sich über die Bretter; bei seinem Eintritt sahen sie auf.

Sie kamen ihm entgegen, als er so bewegungslos unter der Türe stand. Der Mann trat auf ihn zu und sagte: »Ich bin George Boardman, lieber Herr Judson, und das« – er zeigte auf die Gestalt im blauen, faltenreichen Gewand neben sich – »ist meine Frau.«

Adoniram schaute immer noch sprachlos auf die beiden. Dann erinnerte er sich an den letzten Brief der Missionsleitung, der ihm Mitarbeiter in Aussicht gestellt hatte. Da waren sie nun also angekommen.

Dankbar sah Adoniram in das klare, gütige Gesicht seines zukünftigen Mitarbeiters. Dann sagte er mit einem Blick auf den Hammer in Boardmans Hand: »Um diese Arbeit hätte man Sie nicht bitten sollen.«

Des jungen Mannes Augen blickten voll Teilnahme auf Adoniram. »Wir wollten es tun«, sagte er schlicht. »Wir kennen Sie doch schon lange durch die Missionsnachrichten, die wir eifrig studierten. Seit vielen Jahren ist Ihr Werk ein Stück unseres Lebens gewesen. Als die Zeitungen Colmans Tod anzeigten, studierte ich gerade auf der Akademie in Waterville. Ich sagte sofort: Ich will seinen Platz ausfüllen und fuhr nach Andover, um mich vorzubereiten. Nun habe ich mein Ziel erreicht.«

Adoniram dankte dem jungen Mann, dann ging er still zur Tür.

Nach der Beerdigung der kleinen Maria nahm Adoniram seine Arbeit wieder auf. Er war sich der Verantwortung als Leiter der Missionsarbeit in Burma bewußt. Ein Besuch bei General Campbell zeigte ihm neue Wege. Moulmein, die Großstadt am Salweenstrom, beherbergte unzählige Menschen aus verschiedenen Rassen, Schans, Chinesen, Burmesen und Bengalen drängten sich hier zusammen. Wie vielerlei Menschen konnte man da erreichen! Adoniram erkannte sofort, daß Moulmein als Stützpunkt für die Missionsarbeit sehr wichtig werden könnte. Aber Mitarbeiter fehlten. Ausführlich besprach er mit Wades und Boardmans die Lage. Ein Schreiben an die Heimatleitung wurde aufgesetzt. Adoniram bat um fünf weitere Missionare für Burma und um noch fünf für die große Welt des Ostens. Dieser Bitte fügte er als Nachwort bei: »Siam ist ein vortreffliches Feld für die Missionsarbeit. Die Hauptstadt Bangkok ist nur zwanzig Meilen vom Meer entfernt und ist selbst Hafenstadt. Dauernde Verbindung mit Singapur wird aufrechterhalten. Letzteres liegt am Rande der siamesischen und malaiischen Halbinsel. Ein amerikanischer Missionar wird in China weniger beargwöhnt werden als ein englischer. Die Chinesen verstehen vollkommen den Unterschied zwischen den zwei Nationen, und der Handel mit Amerika ist direkt, so daß er eine dauernde Verbindung herstellt.«

Kurz darauf zogen George und Sarah Boardman nach Moulmein, um auch dort am Salweenstrom die Missionsarbeit aufzunehmen.

Adoniram blieb mit Jonathan und Dorothea Wade in Amherst zurück. Wohl arbeitete er an seiner Übersetzung, auch sprach er regelmäßig zu einer Schar von Zuhörern, aber seine Gedanken waren beim Grabhügel über der

Meeresbucht. Jeden Tag saß er stundenlang unter dem Hopiabaum, der mit seinen Zweigen das Grab beschattete. Traurig kehrte er dann ins Missionshaus zurück, nahm geistesabwesend ein paar Bissen zu sich und verschwand in seinem Arbeitszimmer. Seine Mitarbeiter versuchten, ihm zu helfen, aber Adoniram schüttelte zu allem wohlgemeinten Trösten nur den Kopf und lebte weiter seinem Schmerz.

An einem späten Abend ging Jonathan Wade aufgeregt im Eßzimmer hin und her. Seit einer Stunde wartete er auf Adoniram; der schien verschollen zu sein.

»Er sitzt am Grabe«, sagte Frau Dorothea leise.

Da fuhr Jonathan Wade auf. So ginge es nicht weiter! Was würde aus Adoniram werden, wenn er Tag für Tag seinem Schmerz nachhinge? Ein schwermütiger Mann würde er auf diesem Weg, unfähig für seine Missionsaufgabe. Und die Arbeit in Burma? Die müßte steckenbleiben, wenn der erfahrene Missionsleiter nicht mutig voranginge.

Jonathan Wade wußte auf einmal, was er zu tun hatte. Mit raschen Schritten ging er in die Nacht hinaus. Eine Laterne zeigte ihm den Weg zum Grab. Versunken saß Adoniram hier und murmelte abgerissene Sätze.

Lauschend beugte sich sein Mitarbeiter vor. Er verstand die Worte. Sie waren aus Salomos Hohem Lied von der Liebe. Mit zerrissener Stimme flüsterte Adoniram die herrlichen Worte. Missionar Wade konnte es nicht mit anhören. Er hob seine Laterne über den gebückten Mann, dann fuhr es ihm heraus: »Ich will Ihnen etwas sagen, Herr Judson! Wenn Sie das Hohe Lied ins Burmesische übersetzen würden, anstatt es leeren Ohren vorzutragen, dann würden Sie Ihre Pflicht tun, statt eine heidnische Gotteslästerung zu begehen!«

Adoniram war bei den ersten Worten hochgefahren. Entgeistert schaute er in des Freundes Gesicht. Der ließ ihn nicht erst zu Worte kommen. Erregt fuhr er fort: »Sie handeln, als ob Sie der einzige Mann wären, der seine Frau verloren hat. Wir alle wissen, was Sie hergeben mußten. Der Verlust für die Mission war ebenfalls groß, als Frau Judson von uns ging. Aber handeln Sie doch, wie ein Mann handeln muß! Zeigen Sie Vertrauen in Gottes Zulassung, wie wir es von unserem verehrten Missionsleiter erwarten müssen.«

Nun sprang Adoniram auf die Füße. »Wissen Sie auch, was Sie da sagen?« rief er mit bebender Stimme.

»Gott möge mir vergeben, wenn ich zuviel gesagt habe«, erwiderte Missionar Wade. Dann warf er einen Blick auf das Grab und sagte tröstend: »Herr Judson, Ihre Frau ist nicht hier; sie ist geborgen bei Gott.«

Todtraurig schaute Adoniram auf. »Ich weiß, sie ist bei Gott«, sagte er zögernd. »Und wenn ich Gott finde, werde ich auch Anne finden.«

Jonathan Wade erschrak. Aber er ließ sich seinen Schrecken nicht anmerken. Die Laterne hob er empor und führte seinen Bruder durch das Bambusgestrüpp auf das hell erleuchtete Haus zu.

Adoniram war es zumute, als hätte er eine Niederlage erlitten. Beschämt, armselig, zerrissen kam er sich vor. Still hörte er Jonathan Wade an, der ihm den Vorschlag machte, nach Moulmein zu gehen – weg von dem Grabhügel am Felsenrand. Fort von Amherst, dem »trostlosen Urwaldwinkel«, zu Missionar Boardman, der ihn persönlich und für die Arbeit so dringend nötig brauchte. »Sie müssen über Ihren Schmerz hinwegkommen«, schloß Missionar Wade ernst seine Ausführungen. Mit seinen gütigen Augen sah er dem Freund ins schmerzverzerrte Gesicht. Da gab ihm Adoniram wortlos die Hand – unfähig, ein Wort zu sagen. Aber im stillen dankte er dem treuen Mitarbeiter, daß er mit sicherer Hand die tödliche Wunde in ihm bloßgelegt hatte.

Adoniram hörte auf den weisen Rat seines Freundes und zog nach Moulmein. Solch friedliches Arbeiten wie in dieser Stadt, die unter dem Schutze der englischen

Flagge stand, war ihm noch nie geschenkt worden.

Tagaus, tagein versammelte er Menschen um sich im Zayat, und morgens, wenn die Leute vorüberströmten, rief er sie mit ernsten Worten an. Frauen hemmten dann den eilenden Schritt; Männer scharten sich um das Haus; Verkäufer stellten für ein Stündchen ihre Waren nieder und hörten mit offenem Munde zu; englische Soldaten blieben aus Neugier stehen, horchten auf und schwiegen, um mit entblößtem Haupt mitzubeten; aus ihren Hütten und Gärten schauten die burmesischen Hausbesitzer achtungsvoll zu ihm hinüber – das Wort von der Erlösung hörten Hunderte von Menschen.

Die Arbeit wuchs. Jonathan und Dorothea Wade kamen von Amherst herüber, um in Moulmein mit Dienst zu tun. In Amherst übernahm Maung Ing die geistliche Betreuung der wenigen Menschen, die nach dem Evangelium fragten.

Adoniram spannte die Seile weiter. Die Südküste von Tavoy lockte – der Urwald. So wurden Boardmans ausgesandt, um die Arbeit unter den Karenen zu tun. Adoniram mußte sich überwinden, die jungen Menschen wegzugeben. Aber er erkannte zu genau, daß es eine Verzögerung der Missionsarbeit bedeuten würde, wenn man sie auf einen Mittelpunkt begrenzte.

Am Abend nach Boardmans Abreise wanderte Adoniram einsam über einen Höhenrücken. Da kamen sie wieder, die schmerzlichen Gedanken, die er unter der mannigfaltigen Arbeit der letzten Monate unterdrückt hatte. Der ferne Grabhügel stieg vor ihm auf – die düsteren Bilder der Gefängnisjahre jagten vorüber – dazwischen sahen ihn sanft und träumerisch die blauen Augen seines Töchterchens an. Was Adoniram keinem Menschen eingestand, das kam ihm wieder schmerzhaft zum Bewußtsein – daß die Wunden in ihm noch bluteten und daß viel Ungeheiltes in ihm war.

Die Schönheit der Gegend riß ihn aus seinen Gedanken. Seltsame Blumen säumten den Weg, Bäume ragten zur

Höhe – fern aber schienen Himmel und Erde ineinander überzugehen.

Eine Marmorstatue leuchtete aus dunklem Grün. Adoniram trat näher. Vor ihm stand ein Meisterwerk der Kunst: die ruhende Statue des sterbenden Buddhas. Erhabenheit und vollkommener Friede lagen in dem marmornen Angesicht.

Voll Ergriffenheit schaute er in die friedevollen Züge. Bitterkeit überflutete ihn. Ihm, dem Christen, fehlte der Friede. Selbstvergessen fing er an zu reden: »Du hast deine Schönheit, o Gesegneter, aber es ist eine irdische Schönheit, nicht eine Schönheit vom Himmel.«

Eine ruhige Stimme gab Antwort: »Der Himmel hat keine Anziehungskraft für Buddha, o Lehrer.«

Adoniram fuhr herum. Und blieb wie angewurzelt stehen. Vor ihm stand im gelben Ordensgewand der Mann, der immer wieder geheimnisvoll in sein Leben getreten war: der Gaing-ok. Adoniram streckte ihm beide Hände entgegen. Mit erstickter Stimme fragte er: »O Freund meines Freundes, wußtet Ihr, daß Maung Sway-gnong gestorben ist?«

Der Gaing-ok sah seinem einstigen Feind gütig in die Augen und sagte still: »Ich wußte es. Laßt uns hoffen, Jesus-Christus-Mann, daß er den Frieden fand!«

Welchen Frieden meinte der Gaing-ok? Den Frieden, der höher ist als alle Vernunft, den nur Gott geben kann? Adonirams Augen füllten sich mit Tränen. Besaß er denn diesen Frieden? Bibelworte kannte er zu Hunderten; unermüdlich tat er Dienst für seinen Herrn. Den Frieden aber – den besaß er nicht. Ruhelos – friedlos – einsam, ohne Gott und seinen Trost, das war er – der Missionar Adoniram Judson. Buddhas, des Erleuchteten, Antlitz trug die Erhabenheit, und sein Diener, der Gaing-ok, schaute gelassen um sich, als hätte er sich des »Gesegneten« Worte zu eigen gemacht: »Ich bin frei vom Stofflichen, von der Sorge. Ich bleibe für eine Nacht am Ufer des Stromes.

Mein Haus hat kein Dach. Das Feuer der Leidenschaft ist erloschen.«

Adoniram umklammerte plötzlich die Hände des Gaing-ok. Aus seinen Augen sprach eine große Qual. Da zog ihn der Mönch zu einem Platz im Sand neben der Buddhastatue und sagte gütig: »Ihr müßt Eure Seele ausschütten oder Ihr verliert den Verstand, mein Befreier. Ich möchte Euch retten, wie Ihr mich einst gerettet habt. Sagt mir, was Euch niederdrückt! Erzählt mir, Freund!«

Adoniram war es, als brächen Dämme in ihm. Was er niemandem hatte sagen können, das suchte sich gewaltsam einen Weg ins Freie. Seine Zweifel bekannte er, sein Unvermögen, Gott zu vertrauen – seine Friedlosigkeit. Er sprach von seinem Dienst, der ohne Hingabe geschähe, von nutzloser Arbeit, von seinem Leben, in dem kein Sinn mehr walte, und dann erzählte er mit weicher Stimme von seiner Anne.

Still saß der alte Mönch – der Mann, der sich von aller menschlichen Liebe gelöst hatte, um seiner Seele ins Nirvana zu verhelfen – und hörte die Lebensbeichte eines Missionars an. Mit keinem Wort unterbrach er ihn.

Endlich schwieg Adoniram.

Da sagte der Gaing-ok mit milder Stimme: »Erinnert Ihr Euch, o Mann, der eine Frau geliebt hat, wie wenige Männer lieben – und sie war eine edle Frau, Maung Sway-gnong sagte es mir – erinnert Ihr Euch, was der Gesegnete sprach, als er der Erleuchtete wurde?«

»Sagt es mir«, bat Adoniram.

Sinnend schaute der Mönch in Buddhas Angesicht und sagte ruhig: »Er sprach: Schauend auf den Schöpfer der Hütte meines Lebens, habe ich viele Geburten durchlaufen. Schmerzvoll ist es, wiedergeboren zu werden. Aber nun, Schöpfer der Hütte, du bist gesehen worden. Du sollst diese Hütte nicht wieder errichten. Alle meine Spuren sind zerbrochen; mein Dachfirst hat sich losgelöst; mein Sinn nähert sich dem Nirvana und hat das Auslöschen aller Wünsche erlangt!«

»Wollte Buddha sagen, daß er Gott gesehen habe?« fragte Adoniram schwer atmend.

»Für ihn gab es keinen Gott«, erwiderte der Gaing-ok. »Ich weiß nicht, wen oder was er angeredet hat. Aber ich weiß, daß er Frieden fand, nachdem alle Wünsche von ihm abgefallen waren. O Herr und Lehrer, eine wie die andere Eurer irdischen Freuden ist weggenommen worden. Wäret Ihr meines Glaubens, würdet Ihr darin das Mitleid sehen, das Euch hilft, alles von Euch abzustreifen, was Euch noch vom Eingehen in die Wahrheit trennt.«

Dämmerung hüllte Buddha Gautama ein. Fledermäuse kreisten um die ruhende Marmorgestalt. Schweigen war um die beiden Männer. Adoniram hielt Zwiesprache mit sich selbst. Erkenntnisse stiegen in ihm auf, die bitter waren, denen er aber standhaft ins Auge sah. Hatte er danach gestrebt, in die Wahrheit einzugehen? Alles abzustreifen, was vor Gottes heiligen Augen nicht taugte? Sein Ich hatte im Mittelpunkt gestanden und er hatte es liebevoll gepflegt. Hätte nicht Besseres aus dem Tod seiner Anne erwachsen sollen?

Er stöhnte auf. »Gott, vergib mir!« rief er in das Dunkel hinein. »Ich habe nicht verstanden, was du mir sagen wolltest. Und du fandest dein Werkzeug in diesem Mann eines irrigen Glaubens.«

Adoniram faltete die Hände. In burmesischer Sprache betete er: »Denn ich bin gewiß, daß weder Tod noch Leben, weder Engel noch Fürstentümer noch Gewalten, weder Gegenwärtiges noch Zukünftiges, weder Hohes noch Tiefes noch keine andere Kreatur uns scheiden mag von der Liebe Gottes.«

Eine Weile war es still. Dann sagte Adoniram entschlossen zum Gaing-ok: »Von dieser Stunde an werde ich gehen, Gott zu suchen.«

Der Oberpriester Buddhas nickte mit dem Kopf. Adoniram griff nach seinen Händen und sagte dankbar: »Ihr habt mir heute abend einen großen Dienst getan, mein Freund.

Ihr habt mich aus einem Kerker befreit, der ebenso schrecklich war wie das Todesgefängnis.«

Der Mönch erhob sich langsam. Warm klang seine Stimme, als er zum Abschied sagte: »Ich freue mich, daß Ihr das sagt. Ihr seid mir lieb. Wir müssen in manchem früheren Leben in Gefahren zusammen gewesen sein. Ich will Euch fernerhin gerne beistehen. Wenn Ihr meine Hilfe braucht, so findet Ihr mich im Kloster unter der Hauptpagode.«

Hinter Buddhas ruhender Gestalt verschwand der Gaing-ok im Dunkel der Nacht. Adoniram aber schüttelte Betrübnis und Zweifel ab. Sein Weg lag nun klar vor ihm. Was Buddhas Diener erreicht hatte, das sollte auch ihm möglich sein. Nicht rasten würde er, bis seine Seele mit Gott, dem Allwissenden, vereinigt war. So innig, so bleibend, daß alle Wünsche ausgelöscht sein würden. Nur ein Ziel wollte er vor Augen haben: einzugehen in Gott. Auf welchem Wege aber erreichte man das Ziel?

Der Missionar schaute grübelnd auf die ruhende Gestalt des Erleuchteten. Sie schien zu sagen: »Geh meinen Weg!«

Die Sterne zogen herauf – unzähligen Heeren gleich. Ruhevoll wanderten sie in vorgeschriebenen Bahnen – von göttlichem Willen gelenkt. Unter dem Sternenzelt ging Adoniram. Hatte er vergessen, daß er unter höchstem Befehl stand? Er war daran, sich eigene Wege zu bahnen. Wo würden sie enden?

# In selbsterwählter Einsamkeit

General Campbell glaubte nicht recht zu hören; verständnislos starrte er seinem Besucher ins Gesicht: »Aber Her Judson, Herr Judson!« brachte er nur hervor. Dann schaute er ratlos auf seine Frau.

Über Adonirams ernste Züge huschte ein Lächeln. Rasch war es wieder verschwunden. Entschlossen sagte er: »Es ist so, wie ich sagte. Mit diesem Besuch möchte ich Abschied von Ihnen nehmen und Ihnen zugleich mitteilen, daß ich im Begriff bin, alles aufzugeben, was nichts mit der Mission und meinen . . .« Adoniram zögerte, »mit meinen religiösen Fragen zu tun hat. Ich kann also auch keine Einladung mehr von Ihnen annehmen.«

Frau Campbell öffnete hörbar ihren rosafarbenen Sonnenschirm. Dann sagte sie mit Kopfschütteln: »Sie sind fanatisch geworden, Herr Judson. Es ist äußerst bedauerlich.«

Der General machte Einwände; Adoniram ließ keinen gelten. Schließlich kam es zu einem herzlichen Abschied. Aber Herr und Frau Campbell fragten sich gegenseitig besorgt, ob der gesundheitliche Zustand des Missionars nicht sehr bedenklich sei.

Im Missionshaus schüttelten auch Wades den Kopf. Adoniram bat die beiden, die ganze Lebenshaltung zu vereinfachen. Frau Wade schaute erstaunt auf ihr abgetragenes Kleid und die paar dürftigen Möbel; sie konnte nicht verstehen, wie man noch einfacher leben sollte.

Adoniram übersah ihre fragenden Blicke und fügte nur freundlich hinzu, daß er von jetzt ab täglich nur eine Mahlzeit einnehmen wolle. Frau Wade fand das sehr unvernünftig; aber ihr Einspruch verhallte ungehört.

Adoniram ging in sein Zimmer. »Ich bin frei vom Stofflichen«, dieses Wort des »Gesegneten« flüsterte er vor sich hin. Dann setzte er sich nieder und schrieb seiner Schwester in Plymouth einen herzlichen Brief, der mit dem Bekenntnis abschloß: »Ich vertraue Gott uneingeschränkt – aber finden kann ich ihn nicht.«

Adoniram stöberte in seinen Papieren. Vor ihm häuften sich Briefe aus der Heimat; langsam riß er sie in Fetzen; er beugte sich über das Schreiben des Generalgouverneurs von Indien, das den Dank für seine Friedensbemühungen enthielt; achtlos schob er es zur Seite.

Aus einem Fach zog er engbeschriebene Blätter – burmesisches Schrifttum, das er mit viel Liebe übersetzt hatte. Blatt um Blatt nahm er zur Hand und ließ sich einfangen von der Gewalt und Schönheit der Sprache. Sollte er die Übersetzungen westwärts schicken, um Interesse für Burma wachzurufen? – Nein! Frei von allem – um eins zu werden mit Gott.

Langsam riß Adoniram die ersten Seiten entzwei. Tränen liefen über seine Wangen. Es war etwas vom Liebsten, das ihm geblieben war, was er hier vernichtete. Aber es mußte sein. Nur auf einem Weg voll Opfer und Verzicht würde er zum Ziel gelangen; nur frei von allem Stofflichen konnte er eingehen in die ewige Wahrheit und eins werden mit dem Allwissenden.

So fing der selbsterwählte Weg des Missionars an, der ihn in noch größere geistliche Verlassenheit hineinführen sollte als bisher.

Tage vergingen. Wohin verlor sich Adonirams Weg? In Fernen, da Gott unauffindbar war. Adoniram erkannte es mit Schrecken. Er gab der Unruhe um sich her die Schuld. Nach Einsamkeit verlangte ihn; man konnte Gott nur in der Stille begegnen. So zog der Missionar in den Dschungel.

Es war ein seltsames Leben, das er nun führte. Tagsüber ging er in Moulmein seiner Arbeit nach; abends zog er in die Waldeinsamkeit zu seiner selbsterbauten Hütte. Niemand durfte ihn besuchen. Allein wollte er seinen Kampf ausfechten; allein immer weiter eindringen in die Geheimnisse einer anderen Welt.

So saß er an einem Tage, den er ganz der Versenkung gewidmet hatte, auf seiner Türschwelle und schaute gedankenverloren auf den schmalen Bambuspfad, der durch den Dschungel führte.

Da knackte es im Unterholz, und zwischen Büschen und Gestrüpp erschien eine schlanke, weißgekleidete Frau. Adoniram traute seinen Augen kaum – es war Sarah Boardman.

Er wollte sie wegschicken. Aber als er in ihre Augen sah, die voll Tränen standen, brachte er kein Wort heraus.

Schweigend gingen sie in den einen Raum der Hütte, dann fing Sarah Boardman an zu erzählen. Von der Krankheit ihres Mannes, daß der Arzt ihm nur noch ein Jahr Lebensdauer gegeben hätte – Lungenschwindsucht. Sehr kurz, sehr sachlich berichtete Sarah Boardman; aber ihre Lippen zuckten und in ihren Augen lag eine große Traurigkeit.

Adoniram sah entsetzt auf die Frau an seiner Seite. War es unmöglich, dem Gedanken an den Tod auch nur für eine Stunde zu entfliehen?

Eine Weile war es still.

Dann setzte Adoniram zum Reden an. Trostworte gebrauchte er, die keinen Trost enthielten. Von Gott sprach er und war ihm doch so fern – trotz Einsamkeit und Dschungel. Schließlich schwieg er. Mit dem beklommenen Wissen, daß seine nichtssagenden Worte der tapferen Frau neben ihm nicht helfen konnten.

Sarah Boardman saß erschüttert da. Ja, sie hatte sich Trost holen wollen, einen Rat – und nun sprach Adoniram solche seltsam hohen Worte zu ihr. Sie merkte mit feinem Gefühl, daß nichts, aber rein gar nichts hinter seinen Reden steckte. Ein tiefes Mitleid überkam sie. Er brauchte Hilfe, der einsame Mann – viel mehr Hilfe, als man sich vorstellen konnte.

Sachte fing sie zu fragen an. Geistesabwesend antwortete er. Schließlich konnte sie nicht mehr an sich halten. Tapfer sagte sie: »Wissen Sie, was ich befürchte, Herr Judson? Daß der Buddhismus Sie angesteckt hat. Sie haben ein viel zu großes Interesse für das Heil Ihrer eigenen Seele bekommen; Sie sind auf dem Wege, ein buddhistischer Asket zu werden. Sie haben den vergessen, der auch für Sie am Kreuz hing, um Sie von allen Zweifeln, die Sie jetzt erleiden, zu erlösen.«

Adoniram errötete. Er fühlte sich verletzt von Frau Boardmans schonungslosen Worten. Mit rauher Stimme bat er: »Wollen Sie bitte sofort nach Moulmein zurückkehren! Ich bedaure, daß mein geistlicher Trost Ihren Bedürfnissen nicht entspricht.«

Die Augen der Frau standen voller Tränen, aber sie sah unerschrocken auf den Mann vor ihr. Dankbar sagte sie: »Oh, Sie haben mir viel gegeben, Herr Judson. Sie sind uns allen ein Vorbild an Mut – der mutigste Mann, den ich je kannte. Sie wagen sogar, Gott ins Angesicht zu sehen, was doch Gott selbst uns verboten hat zu tun.«

Da schaute Adoniram auf, und als er die tapfere Frau vor sich sah, vergaß er für Augenblicke sein eigenes Elend. Herzlich sagte er: »Ich werde darum beten, daß Gott Ihnen und Ihrem lieben Mann in den kommenden Monaten noch viele Augenblicke senden möge, in denen einer dem andern in die Augen lächeln kann.«

Sie dankte ihm mit zuckenden Lippen. Dann wandte sie sich um und schritt aufrecht und gelassen zwischen wildem Gestrüpp der fernen Stadt entgegen.

Am nächsten Tage reisten Boardmans wieder nach Tavoy. Adoniram hatte seinen Mitarbeiter noch kurz gesehen und einen Mann vorgefunden, der mit einem tapferen Ja seinem Todesurteil gegenüberstand.

Nach dem Abschied ging Adoniram ins Zayat. Dort nahm er die Bibel zur Hand und las mit lauter Stimme die Worte des Apostels Paulus: »Du Narr, das du säest, wird nicht lebendig, es sterbe denn ... also auch die Auferstehung der Toten. Es wird gesät verweslich und wird auferstehen unverweslich. Es wird gesät ein natürlicher Leib und wird auferstehen ein geistlicher Leib. Der erste Mensch Adam wird zu einer lebendigen Seele, und der letzte Adam zum Geist, der da lebendig macht.«

Ein Schatten fiel über das Buch in Adonirams Hand. Der Missionar schaute auf. Vor ihm stand der Gaing-ok. Gedankenvoll schüttelte er sein Haupt, dann sagte er überlegen: »Für mich, o Freund meines Freundes, ist das, was Ihr eben gelesen habt, ein glänzender Unsinn. Meint Ihr, das erklären zu können?«

»Mehr als Paulus schrieb«, erwiderte Adoniram, »weiß auch ich nicht.«

»Aber glaubt Ihr denn, was Ihr sagt, o Lehrer?« fragte der Gaing-ok.

»Ja, das tue ich durchaus«, antwortete Adoniram.

Der Burmese schwieg. Langsam ließ er die Perlen seines Rosenkranzes durch die Finger gleiten. Nach kurzem Nachdenken begann er das Gespräch von neuem: »Ihr dürft nicht denken, daß ich zu Euch komme, um getauft zu werden. Eure Religion ist zu traurig, o Lehrer. So möchte ich nicht leiden, wie Ihr da leidet in Eurem Urwald. Ich gebe zu, daß Weisheit und Schönheit in Eurem Christus ist, aber er bringt keinen Frieden wie Buddha.«

»An mir liegt der Fehler, nicht an Christus«, entgegnete Adoniram schroff. »Wenn ich nicht so voll Sünde wäre . . .«

Der alte Mann unterbrach ihn. »Das ist wieder der helle Unsinn! Ganz Burma weiß, daß Ihr ohne Sünde seid – ein Mann von großer Weisheit und unbestechlichem Herzen. Seht, Freund, der mir Rettung verschaffte, Ihr habt ein Jahr in stiller Versenkung zugebracht; Ihr seid frei von Leidenschaft; Ihr kennt die vier großen Wahrheiten; Ihr folgt dem achtfachen Pfade; Ihr seid zubereitet, den Frieden, von dem der Gesegnete spricht, zu erlangen. Kommt mit mir hinauf ins Kloster! Legt das gelbe Gewand an und lebt mit mir in meiner Bibliothek, die voll von unerschöpflichen Schätzen ist!«

Adoniram atmete schwer. Verlockend stiegen stille Räume auf, in denen aller Kampf beendet schien. Lange Zeit gab er keine Antwort. Dann aber richtete er sich auf und sagte langsam: »Ihr seid gütig, o Bewahrer von Burmas echten Kostbarkeiten. Aber kein wahrer Christ könnte je Buddhist werden.«

»Und kein Buddhist ein wahrer Christ!« rief der Mönch erregt. »Ihr wißt es ja selbst, Ihr habt es erlebt, damals, als Ihr Rangun dem Buddha Gautama zurückgabt.«

Adoniram stutzte. Er hätte Rangun an Buddha Gautama zurückgegeben? Er überlegte, und blitzartig tauchte eine Erinnerung in ihm auf. Er sah sich auf der Veranda im Ranguner Missionshaus stehen, um sich versammelt eine kleine Schar. Hatte er da nicht ein Gelübde getan? Wie aus weiter Ferne hörte er sich sprechen: »Ich habe deine Antwort erhalten, o ewiger Gott. Und nun verspreche ich dir, daß ich Burma nie wieder verlasse, bis das Kreuz hier für immer aufgerichtet ist.«

Rangun? Burma? War er hier etwa nicht in Burma? Laut und heftig sagte er: »Hier ist auch Burma! Ich habe Rangun nicht an Buddha zurückgegeben!«

»Ihr habt Rangun zurückgegeben!« sagte der Mönch mit Nachdruck. »Ihr habt es ja verlassen! Und überdies, hier sollte Burma sein?« Wortlos deutete der Burmese auf die englische Flagge, die sich träge im Windhauch über der entfernten Garnison bewegte. »Das ist nicht Burma. Burma liegt auf der anderen Seite des Irawadi, daß Ihr es wißt!«

Adoniram legte die Bibel zur Seite. Nachdenklich saß er da. Den Kopf hielt er gesenkt. Sprach der Mönch nicht die Wahrheit? Moulmein war ein Zwitterding. Karenen waren keine Burmesen. Und ihn, Adoniram Judson, hatte Gott nach Burma gesandt. War er wirklich feige geflohen – als Lügner, der ein Gelübde brach?

Der Gaing-ok erhob sich. Noch einmal schaute er dem Missionar ins blasse, friedlose Angesicht und sagte freundlich: »Ich sehe, ich muß Euch noch ein weiteres Jahr im Urwald geben. Vielleicht habt Ihr bis dahin erkannt, daß Buddha allein den Frieden vermitteln kann.« Lautlos, wie er gekommen war, verschwand der Burmese im Gewühl der Menschen vor dem Zayat.

In Adoniram aber tobte ein Sturm. War er auf falschem Wege? Wo fand er Gott? Doch nur im tiefen Dschungel – in der Einsamkeit? Oder – in der Feuerlinie? Mitten in Rangun?

## Wenn Gottes Finger schreibt

Manchmal dachte Adoniram, er lebe nur ein halbes Leben. In Wirklichkeit aber lebte er zwei Leben, das eine als Asket, das andere als geistliches Oberhaupt der Mission. Was er als Missionar leistete, war erstaunlich. Unermüdlich saß er über seiner Bibelübersetzung, ferner arbeitete er eine Liturgie für die Burmesische Kirche aus und eine Predigtanleitung für eingeborene Pfarrer.

Die Manuskripte blieben nicht liegen. Von der Missionsleitung wurde der Buchdrucker Cephas Bennett gesandt. Und kaum war er drei Monate im Land, so liefen seine sechs Pressen mit ihren sonderbaren burmesischen und karenischen Typen bei Tag und Nacht. Das Wort vom Kreuz konnte seinen Weg durch das Land nehmen.

Auch die kleine Gemeinde wuchs. Die Zuhörer in den Zayaten mehrten sich. Die Botschaft vom Kreuz fand frohen Widerhall in Moulmein.

Und Rangun? Wer sammelte dort die Gemeinde unter das Banner Jesu Christi? Mitten im Urwald stieg diese Frage vor Adoniram auf und ließ ihn nicht mehr los. Im Schlaf und im Wachen sah er die flimmernde Turmspitze der Shwe-Dagon vor sich. Wer errichtete neben Buddhas Siegeszeichen in Rangun das Kreuz?

Müde, gequält von einer schlaflosen Nacht kam Adoniram eines Morgens in das Missionshaus. Da stand ein Burmese in verstaubtem Gewand; er hatte die Reise von Rangun nach Moulmein hinter sich und erzählte eine seltsam frohe Geschichte. Im verwaisten Ranguner Missionshaus hatte er eine kleine geheime Gemeinde gesammelt; zwölf Mitglieder zählte sie. Nun bat der Burmese, Maung Tha-a, man möchte ihn zum Prediger der kleinen Schar bestellen. Überrascht schaute Adoniram ihm ins Gesicht. Wer hatte denn diesem Mann die Kunde von Jesus Christus gesagt? Auf Befragen erklärte Tha-a, schon ein Mann in den Fünfzigern, daß er die frohe Botschaft von Maung-Sway-gnong, dem Lehrer und Mönch, gehört hätte.

O ja, das Wort ging durch die Lande – Adoniram erkannte es mit Freuden. Er behielt Tha-a einige Zeit auf der Missionsstation und lehrte ihn, was er als Prediger fürs erste wissen mußte. Ein paar Monate später wurde Tha-a nach Rangun abgeordnet.

Jonathan Wade stand neben Adoniram am Landungssteg, als Tha-a das Schiff bestieg. Kopfschüttelnd meinte der junge Missionar: »Tha-a ist ein lieber, ernsthafter alter Mann. Aber stellen Sie sich vor, daß er versuchen soll, Ihren Platz in Rangun auszufüllen! Rangun liegt mir auf dem Gewissen.«

Adoniram schwieg; er schaute über das Wasser und sah plötzlich die flimmernde Turmspitze – und wieder war es ihm, als riefe ihn Rangun.

Ruckartig wandte er das Gesicht seinem Mitarbeiter zu. »Sind Sie der Ansicht, daß ich nach Rangun zurück sollte?« fragte er mit erregter Stimme.

Jonathan Wade sah in das übernächtigte Gesicht des Freundes, dann meinte er zögernd: »Ich glaube nicht, daß Ihre Gesundheit dem noch einmal gewachsen wäre.«

Adoniram schüttelte den Kopf. »Meine Gesundheit würde wohl standhalten; aber – ich kann nicht gehen. Wenn auch Rangun ruft und immer wieder ruft, so hält mich doch meine Einsamkeit. Ich will sie nicht verlassen, bis – ja – bis ich Gott erkannt habe, bis meine Seele ganz mit ihm vereinigt ist.«

Jonathan Wade fand darauf keine Antwort. Und zudem – Worte allein lösen die Fesseln nicht. Nach einem kurzen Schweigen sagte er: »Wollen Sie Debora und mich nach Rangun schicken, Herr Judson?«

Gequält antwortete Adoniram: »Ich will darüber nachdenken.«

Grübelnd schritt er am Nachmittag seiner Einsiedelei entgegen. Jonathan Wade war zur Abreise nach Rangun bereit; aber – rief Rangun nicht ihn? Oder vielmehr, war es nicht die Gottesstimme, die unablässig forderte: »Zurück in die Feuerlinie – nach Rangun!«?

Adoniram kam todmüde in seiner Hütte an. Wo fand er Gott? Nicht hier in der Einsamkeit, nicht auf dem Arbeitsfeld. – Wo war er dann zu finden? Wie konnte er nach Rangun zurück, ohne den kindlich frohen Glauben zu besitzen, der sich in jeder Lage in Gott geborgen weiß? Adoniram wußte plötzlich, daß er den Urwald nicht verlassen würde, bis er seinen Kampf siegreich zu Ende geführt hätte. Er würde in der Einsamkeit vor Gott liegen bleiben, bis dem qualvollen Suchen ein Finden geschenkt war.

Noch schien die Sonne. Adoniram verließ seine Hütte; in noch tiefere Einsamkeit flüchtete er. Er folgte einem Wildpfad, der zwischen mächtigen Urwaldriesen zur Höhe führte. Bei Sonnenuntergang erreichte er eine kleine, zerfallene Pagode. Die Plattform war von Baumwurzeln gesprengt, die Buddhaschreine lagen umgestürzt; nur die weiße Turmspitze zeigte unversehrt zum Himmel.

Adoniram setzte sich an den Rand der Plattform. Sein zerlesenes Neues Testament legte er auf die Knie. Er horchte in das Schweigen hinein. Noch einmal tauchte die Sonne die Baumwipfel ringsumher in feurige Glut, dann brach die Nacht herein. Still zogen die Sterne herauf; leuchtend glitt der Mond am nachtdunklen Himmel über die Pagode hin. Reglos saß Adoniram; sein Gesicht hielt er mit den Händen bedeckt. Würde Gott an ihm vorübergehen und sich ihm offenbaren?

Er sank von den Höhen des Denkens herab, in die er sich verstiegen hatte. Befreit von eigenem Wollen, legte er sein Herz vor Gott nieder, damit Gottes Finger darauf schreibe.

Aber noch schrieb Gott nicht. An der zerfallenen Pagode wurde ein Kampf ausgefochten. Da lag ein Mensch zerbrochen vor seinem Gott und flehte unaufhörlich: »Ich lasse dich nicht, du segnest mich denn!«

Der Mond ging unter. Undurchdringliche Finsternis

umgab die Pagode. Reglos standen die Urwaldbäume. Und aus Finsternis und Schweigen heraus trat Gott. Kein Mensch durfte ihm ins Angesicht schauen, auch Adoniram nicht. Aber es war, als würde das kleine Buch in seinen Händen lebendig. Und aus den Gottesworten darin löste sich eines und fing an, hell zu leuchten. Woher kam das Wort? Wer gab es ihm zur Stunde ein?

Die Lippen des einsamen Mannes formten das Wort, das ihm ins Herz gesenkt worden war: »Niemand kennt den Sohn, denn nur der Vater; und niemand kennt den Vater, denn nur der Sohn, und wem es der Sohn will offenbaren.«

Adoniram sank auf seine Knie. Die eigenen Wege waren zu Ende gewandert. Keiner, auch nicht Buddhas entsagungsvoller Weg, führte zur Vereinigung mit Gott. »Wem es der Sohn will offenbaren . . .« Am Rand der Pagode kniete Adoniram. »O Jesus Christus«, betete er, »du wahrhaftiger König der Könige, hilf mir! Wenn ich nicht wissen soll, was der Tod ist, so sage mir: Was ist das Leben? Was ist mein Leben, damit ich mit ihm fertig werde?«

In die unwirkliche Stille rings umher horchte der Missionar. Kein Laut durchbrach sie. Aber in seinem Herzen gab Gott die Antwort. Klar und unzweideutig hieß es: »Geh zurück nach Rangun!«

Da erkannte Adoniram, was *das* Leben, was *sein* Leben war: auf selbsterwählten Wegen ein sinnloses Wandern ohne Ziel oder auf Gehorsamswegen – auf dem Weg Jesu Christi – ein seliges Heimkommen zum Vater.

Adoniram legte sein müdes Haupt auf seine Arme und schlief ein. Als er erwachte, stand der Himmel in flammendem Rot – leuchtend brach die Sonne zwischen Wolkenschleiern hervor.

Er sprang auf die Füße und schaute in den Glanz. Und wie in alter Zeit ein anderer, so erlebte es der Mann hier im Urwald: »Da er an Pniël vorüberkam, ging ihm die Sonne auf. Und seine Seele war genesen« (1. Mose 32).

Auf dem steilen Bergpfad wurde ein Mann sichtbar. Koo-chil, der treue Koch. In den Armen trug er Adonirams Hündchen, das ihm den Weg zu seinem Herrn gezeigt hatte.

»Herr und Lehrer«, sagte Koo-chil nach der Begrüßung schlicht, »viele Jahre, wie Sie wohl wissen, verschloß ich meine Ohren meiner Herrin und Ihnen gegenüber und hörte nur auf Mohammed. Aber gestern, ich weiß nicht warum, als ich Curry und Hühnerfleisch kochte, wußte ich plötzlich, daß Jesus Christus der wahre Prophet ist. Und nun möchte ich getauft werden. Sie sehen gewiß ein, daß ich mit dieser Nachricht nicht warten konnte.«

Adoniram stand überwältigt. »Ja gewiß, diese Nachricht eilt«, rief er erfreut. Dann streckte er seinem treuen Koch beide Hände entgegen und sagte: »Du hast mich sehr glücklich gemacht, lieber Koo-chil!«

Nach seiner Wegzehrung, die Koo-chil ihm gebracht hatte, ging es hinab ins Tal. Adoniram schritt aufrecht, wie von einer Last befreit. Sein Weg lag klar vor ihm. Was tat es, wenn das Ziel verhüllt war? Als ein von Gott Geführter kommt man immer nach Hause.

# Christus geht durch Burma

Im Urwald unter seinen Karenen starb George Boardman. Tapfer hatte der junge Missionar dem Tod entgegengeschaut. War es nicht des Königs Recht, auch das Leben seiner Untertanen zu fordern?

Mit tiefer Bewegung las Adoniram den Brief von Sarah Boardman, der ihm die Kunde von dem Sterben ihres Mannes brachte. Auf einer Trage liegend hatte George Boardman die letzte Predigtreise zu den Karenen unternommen und war somit, wie er es gewünscht hatte, »in der Feuerlinie« gefallen.

Weiter hatte Sarah Boardman geschrieben: »Ich brauche Ihnen, lieber Herr Judson, nicht zu sagen, daß meine Tage jetzt sehr dunkel sind. Niemand kennt die Wege des Schmerzes so gut wie Sie. Die Schönheit des Lebens ist nun aus meinem Dasein weg. Ich kann meine Tage nur hinbringen, indem ich Georges liebe Züge, seine teure Stimme meinem Gedächtnis so einzugraben versuche, daß ich sie nie mehr vergessen kann. Ich bitte, daß Gott mich fähig macht, sein Werk hier trotz der Einsamkeit weiterzuführen ...«

In den nächsten Tagen trug ein Bote das Beileidsschreiben Adonirams zu Sarah Boardman nach Tavoy. Es lautete: »Meine liebe Schwester! Sie trinken nun den bittern Kelch, mit dessen Hefen ich vertraut bin. Ich wage zu sagen, daß er viel bitterer ist, als Sie erwartet haben. Es ist natürlich für die Menschen, daß sie an den Toten hängen und daß sie fürchten, allzubald den teuren Gegenstand ihrer Liebe zu vergessen. Aber bekümmern Sie sich nicht deshalb. Ich kann versichern, daß Monate und Monate herzzerreißenden Wehes nun vor Ihnen liegen, ob Sie es wollen oder nicht. Ich kann Ihnen nur raten, den Kelch mit beiden Händen zu fassen und ja zu sagen zu dem bitteren Mahl, das Gott zu Ihrer Heiligung bestimmt hat. Ich denke, soweit ich Ihre Einstellung kenne, daß Sie Ihren Posten nicht verlassen werden, sondern bleiben wollen, um das Werk weiterzuführen, das Ihr lieber Mann unter den Karenen begonnen hat. Die Leute von Tavoy betrachten Sie als Ihre geistliche Mutter. Ich werde mit meinen Gebeten bei Ihnen sein, liebe Herrin von Tavoy.«

Diesen Brief hatte Adoniram von Rangun aus geschrieben. Da stand er selbst wieder in der Feuerlinie, dem Befehl seines Gottes gehorsam, und trug das Kreuz offen in die Hochburg des Buddhismus, um es sichtbar für das ganze Land aufzurichten.

Von Rangun aus fuhr er mit jungen, neugewonnenen Christen den Irawadi hinauf nach Prome. Dort wurde die frohe Botschaft tagelang unter Buddhas gewaltigem Denkmal verkündigt. Und Adoniram war es, als stehe Christus leibhaftig da, in nächster Nähe des Buddhas, und schaue diesem in die ruhigen, in sich gekehrten Augen mit einem Blick voll Schmerz und Qual. Die Burmesen mußten Christus willkommen heißen. Aber sie wagten es nicht.

Verfolgung und Widerstand blieben nicht aus. In einer Stadt, zehn Meilen unterhalb von Prome gelegen, hatte sich Adoniram wieder neben eine Buddha-Statue gestellt und fing an zu predigen. Seine Schüler zerstreuten sich in die umliegende Gegend und teilten Traktate aus. Zwei Tage ging alles gut. Am dritten Tag legte ein »Goldenes Boot« an, und ein Beamter aus Prome befahl dem Missionar im Namen des Königs, den Ort zu verlassen.

Adoniram gehorchte so langsam wie nur möglich. Als er an Bord seines Bootes kletterte, rief ein junger Burmese mit heller Stimme: »Seien Sie nicht entmutigt, großer Lehrer! Sie haben ein Samenkorn gepflanzt, das wie ein Bananenbaum wachsen wird. Lassen Sie mich einer Ihrer Jünger sein! Ich bete jeden Tag zu Gott. Ich und meine Kinder wollen seinem Wort, das in Ihren Büchern steht, für immer Hausrecht gewähren!«

Adoniram wußte, daß die Worte des jungen Mannes eine Verheißung waren. Das geschriebene Wort würde Burma retten.

Von seinen Reisen zurückgekehrt arbeitete Adoniram wieder unermüdlich an seiner Bibelübersetzung. Dazwischen predigte er im Zayat.

Eines Tages kam ein Burmese zu ihm und bat um die Taufe.

Adoniram forschte in den Gesichtszügen des Mannes; sie kamen ihm bekannt vor. Im Gespräch stellte es sich heraus, daß der Taufbewerber vor ihm jener Mann war, dem er vor langen Jahren einen Abzug der ersten Evangelienübersetzung gegeben hatte. Das Wort von Jesus Christus war in ihn eingegangen und hatte ihn nicht losgelassen. Nun stand er hier und begehrte die Taufe. Nach einigen Unterrichtsstunden führte ihn Adoniram hinaus zum binsenüberwachsenen See unter der Shwe-Dagon und taufte ihn auf den Namen Jesu Christi.

Die Arbeit wuchs und mehrte sich; wieder sandten die getreuen Amerikaner Verstärkung. Drei Ehepaare kamen 1833 in Moulmein an. Adoniram freute sich dankbar der Mitarbeit und sandte sie nach verschiedenen Stützpunkten.

Ihn selber bewegte ein Schreiben seiner Heimatleitung. In einem langen Brief baten sie ihn, nach Moulmein zurückzukehren, um dort die Bibelübersetzung zu vollenden. Sie schrieben, kein Mensch auf der Welt außer ihm könne diese Arbeit tun. Seine Bibelübersetzung sei nach dem Urteil der Sachverständigen die schönste, die bisher in einer orientalischen Sprache gemacht worden sei. Dazu hätten seine Briefe die Missionsleitung davon überzeugt, daß eine burmesische Bibel die beste Möglichkeit der Missionierung Burmas biete.

Adoniram überlegte den Brief nach allen Seiten hin und besprach ihn mit seinem Gott. Nach manchem inneren Fragen und Besinnen, nach einer Rücksprache mit Sarah

Boardman und anderen Mitarbeitern folgte er der Aufforderung der Heimatleitung.

Nun saß er wieder in Moulmein und machte sich an die ihm aufgetragene Arbeit, die Bibelübersetzung. Nur kurze Pausen gönnte er sich zwischendurch; die meiste Zeit verbrachte er in seiner Schreibstube. Abends aber ging er vor die Stadt und wanderte wie in früheren Zeiten stille Höhenpfade. Auf diesen abendlichen Wegen begegnete ihm hie und da sein Freund, der Gaing-ok. Dann saßen sie miteinander unter der Buddhastatue und sprachen über das, was jeden von ihnen bewegte.

Eines Abends saßen sie wieder beieinander. Ihr Gespräch drehte sich um Buddhas Lehre und um die Botschaft vom Kreuz. Der Gaing-ok behauptete wie einst, die Religion der Christen sei eine traurige Sache.

Adoniram antwortete ernst: »Ihr nennt meine Religion eine traurige; ich nenne die Eurige leer. Nichts als Verneinung. Ich glaube, schließlich ist uns das Leben doch gegeben, um zu leben, o ›Herr der Träume‹.«

»Aber was ist das Leben?« forschte der alte Mönch.

Die alte, ewig gleiche Frage. Für Adoniram war sie nun gelöst. Langsam sagte er: »Das Leben? Es muß etwas sehr Kostbares sein. Leben ist Erkenntnis – nicht Flucht. Leben ist nicht Weglaufen in eine Einsiedelei. Es ist wissen, was Christus wußte, der in allem uns Menschen gleich wurde, aber nichts tat, was anderen Leid zufügte. Er sagte von sich: Ich bin das Leben!«

Lange Zeit schwieg der Gaing-ok. In Christus das Leben finden? Das war ein ungangbarer Weg für ihn. Er fand das Leben anderswo. Und seine Blicke suchten das friedvolle Angesicht des ruhenden Buddha.

Schweigend gingen die beiden Männer heimwärts. Vor dem Missionshaus sagte der Mönch: »Ich habe in meiner Bibliothek einen Freund entdeckt. Kommt, lernt ihn kennen. Es ist eine Abschrift von Buddhas Predigten, die er selbst beglaubigt hat.«

Adoniram schüttelte den Kopf. »Nein!« sagte er fest. »Ich werde meine geistigen Interessen nie wieder einer anderen Sache schenken als dem Werk des lebendigen Gottes.«

Der Gaing-ok ging langsam die Straße hinunter, dem Kloster zu. Adoniram sah ihm lange nach. Wann würde Buddhas Diener ein Jünger Jesu werden? Ob er es noch erlebte? Still ging er ins Haus. Sein Nachtgebet galt dem Mönch im gelben Ordensgewand.

Die Stunden reihten sich zu Tagen, die Tage zu Wochen und Monaten. Eines Abends legte Adoniram mit glücklichem Lächeln die Feder zur Seite. Sein Werk war vollendet, bereit zum Druck. Er sank auf seine Knie und beugte sein Haupt über das letzte Blatt seiner Arbeit. Dann nahm er noch einmal die Feder zur Hand und schrieb an Sarah Boardman in Tavoy: »Dank sei Gott, ich kann nun sagen, ich habe mein Ziel erreicht! Ich bin vor ihm auf den Knien gelegen mit dem letzten Blatt in meiner Hand und habe seine Vergebung für alle Sünden erbeten, die meine Arbeit entweiht haben. Ich habe seine Hilfe erfleht, um die Irrtümer und Mängel zu beseitigen, die dem Werk natürlich noch anhangen. Ich habe es seiner Barmherzigkeit und Gnade befohlen. Ich habe es seiner Herrlichkeit geweiht. Möge er sein geisterfülltes Wort in der burmesischen Sprache nun vollkommen machen, dieses große Instrument, das die Herzen aller Burmesen mit Liedern seines Lobpreises erfüllen soll! Amen.«

Zwei Tage später reiste Adoniram zur Erholung nach Tavoy. Es war kein Ferienort. Aber Sarah Boardman wohnte dort, die Frau, die Gott ihm als Kampf- und Lebensgefährtin schenken wollte. Seltsam war ihm zumute, als er im Boot an dichtbewaldeten Ufern vorüberfuhr. Rückwärts gingen seine Gedanken. Menschen tauchten auf vor seinem inneren Auge. Sie waren gekommen und gegangen. Wer blieb?

Der Eine, Unwandelbare, der ewige Gott. Man konnte ihm nicht ins Angesicht schauen, aber auf Wegen des Gehorsams durfte man etwas von seiner Herrlichkeit ahnen und ohne Furcht ihn lieben.

Adoniram sah über das Wasser in die Ferne. Seine Gedanken kehrten in die Gegenwart zurück. An Sarah Boardman dachte er. Mit ihr gemeinsam würde er für die höchste Aufgabe leben: Christuszeugen wollten sie sein unter den Burmesen.

# Daten aus dem Leben Missionar Judsons

| | |
|---|---|
| 1788 | Adoniram Judson geboren in Massachusetts |
| 1792 | Geburtsjahr seiner Frau Anne Judson |
| 13. 7. 1813 | Ankunft des Missionsehepaares in Rangun |
| 16. 5. 1816 | Tod des kleinen Roger Judson |
| 4. 4. 1819 | Eröffnung des Zayats (Verkündigungsstätte für das Evangelium) |
| 27. 6. 1819 | Die erste Taufe (Maung Nau) |
| 21. 12. 1819 | Reise der beiden Missionare Judson und Colman nach Amarapura zu König Bagyidaw |
| 6. 2. 1820 | Rückreise nach Rangun |
| 1820–1823 | Frau Judsons Erholungsurlaub in Amerika |
| 28. 8. 1822 | Reise von Missionar Judson und Dr. Price nach Ava, der neuerbauten Residenz Bagyi-daws. Adoniram Judson erhält die Erlaubnis zum Kauf eines alten Klostergrundstücks und die Genehmigung, das Evangelium in der Hauptstadt zu verkündigen |
| 5. 12. 1823 | Anne Judsons Rückkehr und Ankunft in Rangun, darauf die Reise auf das neue Arbeitsfeld in Ava |
| 1824–1826 | Adoniram Judson im Todesgefängnis von Ava; Krieg zwischen England und Burma |
| 24. 2. 1826 | Vertrag von Yandabu, damit Beendigung des Krieges |
| 26. 3. 1826 | Adoniram Judson und seine Frau beginnen wieder mit der Missionsarbeit in Rangun |
| Juni 1826 | Aufbruch nach Amherst |
| 24. 10. 1826 | Anne Judsons Todestag |

| | |
|---|---|
| Anfang 1827 | Ankunft des Missionsehepaares George und Sarah Boardman |
| 1827 | Übernahme der Missionsarbeit in Moulmein durch Missionar Boardman und Frau. Kurz danach kommt auch Adoniram Judson nach Moulmein und arbeitet mit ihnen zusammen. |
| 24. 10. 1828 | Missionar Judson zieht in den Dschungel in selbsterwählte Einsamkeit. Zwei Jahre verbringt er dort die Nächte in einer selbsterbauten Hütte. |
| 1829 | Beginn der Missionsarbeit unter den Karenen in Tavoy durch George und Sarah Boardman |
| April 1831 | Missionar Judson nimmt die Arbeit in Rangun wieder auf |
| 1832 | Missionar Boardman stirbt in Tavoy |
| 1833 | Missionar Judson übersiedelt nach Moulmein, um das Werk der Bibelübersetzung zu vollenden |
| 31. 1. 1834 | Die Bibelübersetzung in der Landessprache ist fertiggestellt |
| 1834 | Das Leben mit Sarah Boardman beginnt |
| 1850 | Adoniram Judson stirbt auf einer zweiten Reise nach Burma |

# Anhang

in dem einiges über Buddha und seine Lehre gesagt wird.

Gautama Siddharta oder Buddha Sakyanumi, der Weise aus dem Geschlecht der Sakya, ist der Gründer des Buddhismus. Er ist etwa im Jahre 560 v. Chr. im nördlichen Indien geboren. Bei seiner Geburt sollen Wunderzeichen geschehen sein. Als Sohn eines reichen Fürsten wächst er im Überfluß und auf das sorgsamste behütet auf. Da tritt, als er etwa dreißig Jahre alt ist, plötzlich ein Umschwung ein, als er nach der Legende auf seinen Ausfahrten einem Kranken, einem Greis und einem Toten begegnet. »Wehe«, ruft er aus, »und aber Wehe, daß der Mensch geboren wird, wenn ein jeder solches zu erwarten hat!« Es hält ihn nicht in seinem sorglosen Dasein. Heimlich verläßt er Frau und Kind und wird Asket. Er versucht, auf diesem in Indien weit verbreiteten Weg Beruhigung zu finden. Er fastet und kasteit sich, bis er zum Skelett abgemagert ist. Aber er findet keinen Frieden. Die ersehnte Erleuchtung bleibt aus. Da verläßt er diesen Weg. Eines Tages sitzt er unter einem Feigenbaum in Versenkung. Da kommt ihm die Erleuchtung. Nun ist er ein Buddha. (Buddha ist ein religiöser Ehrenname und bedeutet: der Erleuchtete.) Nach der Legende muß er seine neue Erkenntnis gegen schwere Angriffe des Gottes Māra verteidigen, der ihn dahin bringen will, die erkannte Wahrheit für sich zu behalten. Aber Buddha überwindet ihn und zieht nun aus, das Heil aller Welt zu verkündigen.

Ein starkes Selbstbewußtsein zeichnet ihn aus: »Alles habe ich überwunden. Ich bin der Heilige, der unvergleichliche Lehrer. Ich allein bin der vollkommen Erleuchtete.«

Bald hat sich ein Kreis von Anhängern um ihn versammelt, mit denen er Indien durchzieht, Mönche und Laien in seiner Lehre unterweisend. Er lebt wie seine Jünger von

Almosen. Welches ist nun seine Lehre? Sie läßt sich in vier Wahrheitssätzen zusammenfassen:

Als erstes verkündet Buddha: Alles Leben ist Leiden, und zwar rechnet er zum Leiden auch die Erlebnisse, die der Mensch in der Regel als Glück und Freude bringend ansieht: Geburt, Jugend, Liebe. So sagt er einmal einer Frau, deren Enkelkind gestorben war: »Wer hundert Wesen lieb hat, hat hundertmal Trauer, wer zehn Wesen lieb hat, hat zehnmal Trauer, wer kein Wesen lieb hat, hat keinmal Trauer, der ist wahrhaft frei von Kummer. Darum sind glücklich und frei von Kummer die, denen nichts in der Welt lieb ist.« Ursache des Leidens ist die Vergänglichkeit. »Vergänglich ist alle Erscheinung«, d.h. es gibt nichts Wirkliches, Beständiges, alles ist nur relativ. Das gilt auch für den Menschen. Es besteht kein Ich als dauernd vorhandene Wesenheit, sondern nur ein Trieb zum Leben im dauernden Wechsel von Empfindungen und Willensbewegungen.

Die zweite Wahrheit schließt sich an: Durch den Trieb zum Leben entsteht das Leiden. Dieser Trieb wird Lebensdurst genannt. Er bewirkt immer wieder neue Daseinsformen, die dann immer wieder neu der Vergänglichkeit und damit dem Leiden ausgeliefert sind. Ein ewiges Stirb und Werde.

Die dritte Wahrheit zeigt den Ausweg aus dem ewigen Kreislauf: Aufhören des Daseins, Erlöschen des Willens zum Leben. Erlöschen heißt Nirvana. »Aufgelöst ist der Körper, die Vorstellung vernichtet, alle Empfindungen vom Feuer verzehrt.« Das kann beides bedeuten: Auflösung in ein vollkommenes Nichts, in wunschlose Ruhe.

Mit der vierten Wahrheit wird gezeigt, wie man zu diesem Aufhören des Willens zum Leben kommt. Es ist der Weg über die sittliche Zucht in die *Meditation*, die Versenkung in das eigene Innere. Man konzentriert sich ganz auf eine Vorstellung, z.B. auf die Nichtigkeit des eigenen Wesens und den Wunsch, davon frei zu werden, bis jede Willensregung erloschen ist.

Das ist der Weg der *Selbsterlösung.* Der Mensch muß sich selbst befreien: »Seid selbst eure Leuchte, selbst eure Zuflucht.« Buddha will nicht der Erlöser der Menschen sein, aber er kennt auch keine erlösende Gottheit. Für ihn sind die Götter selbst erlösungsbedürftig. Eine Erzählung berichtet von Buddha, wie er einmal den Göttern predigt und diese dann Zittern und Beben ergreift: »Oh, wir, die wir vergänglich sind, wir hielten uns für unvergänglich.« Man muß zur Erkenntnis seiner Vergänglichkeit kommen, und der Weg dazu ist die Meditation.

Vorbereitung für die Meditation ist das sittliche Handeln. Der Buddhist hat sich von der Welt und ihrem Tun fernzuhalten. Fünf Hauptgebote – neben vielen anderen – gebieten ihm: kein lebendiges Wesen zu töten, sich nicht an fremdem Eigentum zu vergreifen, nicht die Gattin eines anderen zu berühren, nicht Unwahrheiten zu reden, keine berauschenden Getränke zu trinken.

Diese Gebote sollen den Menschen fern von der Berührung mit den Dingen und Händeln dieser Welt halten. Im Gegensatz zu den zehn Geboten der Bibel sind sie nicht zum Aufbau der Gemeinschaft und Schutz des Nächsten gegeben.

Zutiefst gebietet der Buddhismus seinen Anhängern Mitleid und Liebe aller Kreatur gegenüber: »Wer auch nur gegen ein Lebewesen Liebe zeigt, dem gereicht es zu seinem Heil.« Paulus dagegen sagt: »Die Liebe Christi drängt uns« (2. Kor. 5,14). Der Buddhist ist Individualist in reinster Ausprägung. Familie, Heimat, Volk sind Dinge, die ihn an dies Dasein fesseln, und die er deshalb ablehnt. Sein einziges Streben geht dahin, dieses Leben abzubauen.

Buddha baut seine Lehre auf dem hinduistischen Gesetz des »Karma«, der Vergeltung und der Seelenwanderung auf. Alle Lebewesen sind demselben Gesetz unterworfen, nach dem es in einem ewigen Kreislauf vom Leben ins

Sterben und nach dem Tode in ein neues Leben geht. Das gegenwärtige Leben ist das Ergebnis des vergangenen und zugleich die Grundlage für das zukünftige. Wer ein schlechtes Leben geführt hat, wird in schlechtere Daseinsformen wiedergeboren, unter Umständen in einem Tierkörper.

Die Lehre Buddhas, der im Alter von 80 Jahren gestorben ist, gewann in Indien viele Anhänger, ist dort aber gegen Ende des ersten Jahrtausends n.Chr. durch den Hinduismus überwunden und verdrängt worden.

Die reinere Überlieferung in der Form des sog. *Hînayâna,* d.h. »Kleinen Fahrzeugs«, das den einzelnen zum Heil führen will, gibt es heute nur noch in Ceylon, Siam und Burma, und auch dort hat sie nicht ihre Ursprünglichkeit bewahrt, sondern sich mit den Volkskulten vermischt.

Seinen Weg in die Welt Mittel- und Ostasiens hat der Buddhismus in der Form des *Mahâyâna,* des »Großen Fahrzeuges«, angetreten, das die Erlösung aller Lebewesen verheißt. Im Mahâyâna werden viele Buddhas verehrt, mythische Gestalten, die das Verlangen der Gläubigen nach Befreiung vom Zwang der Wiedergeburt auf dem Selbsterlösungsweg eingeschaltet hat.

Der am meisten verehrte Buddha ist der Buddha Amithâba, der im westlichen »Gesegneten Land« thront und sich aller erbarmt, die ihn anrufen. Aber auch hier bleibt das Verlöschen, das Nirvâna, das letzte Heilsziel, und der Mensch bleibt auch dann, wenn er die Gnade Amithâbas anruft, in seiner Erlösung, auf seine eigene Kraft angewiesen.

Dem steht in einer Gegensätzlichkeit, die bis an die Wurzeln menschlicher Existenz dringt, die Christusbotschaft gegenüber. Sie verkündet, daß Gott der Schöpfer und Regent der Welt ist, daß er sich in seinem Sohn der Welt offenbart hat und daß Erlösung nur der Mensch findet, der sich ihm in Christus zu eigen gibt, daß er eine neue Kreatur wird. In ihm findet alle Sehnsucht in den Religionen ihre Erfüllung – »er gebietet den Menschen, daß alle an allen Enden Buße tun. Denn er hat einen Tag festgesetzt, an dem er den Erdkreis richten will mit Gerechtigkeit durch einen Mann, den er dazu bestimmt hat, und hat jedermann den Glauben angeboten, indem er ihn von den Toten auferweckt hat.« (Apg. 17,30+31)

Ursula von Reiswitz

# Nachwort

Der Buddhismus ist in Burma Staatsreligion; über 85% der Burmesen sind Buddhisten. Schon in seiner Jugend verbringt jeder burmesische Mann drei Monate als Mönch im Kloster, und später trägt er immer wieder eine Zeitlang das Mönchsgewand. Der Buddhismus durchdringt das ganze Volksleben, obschon es ihm nicht gelungen ist, die alten, vorbuddhistischen Kulte völkischer Minderheiten, z.B. der Karenen, zu überwinden.

Die Theravadin (Anhänger der Lehre der Ältesten), zu denen sich die Burmesen seit der Einführung des Buddhismus in Burma im 11. Jahrhundert n.Chr. ebenso zählen wie die Ceylonesen und Thailänder, halten sich für die Träger und Hüter der echten Buddha-Lehre. Auch sie haben sich den Einflüssen animistischer Volkskulte nicht völlig entziehen können. Dennoch dürfte ihre Lehre der Verkündigung des Buddha am nächsten kommen. Es ist eine in ihrer Geschlossenheit imposante Lehre. Sie verzichtet auf alle Hilfsmittel der Erlösung, die der spätere Mahayana-(Großes Fahrzeug)-Buddhismus eingeschaltet hat. Sie lehrt: Es gibt kein Sein, sondern alles Leben ist ständiges Werden und Vergehen, ein dauerndes Sichwandeln. Darum ist es vergänglich und in allen seinen Äußerungen Leiden. Wohl gibt es Götter; aber auch ihr Dasein ist nur eine Phase im Kreislauf der Wiederverkörperung (samsara), in dem das gute oder böse Handeln (karma) in der vorhergehenden die entsprechende Wiedergeburt (in der Hölle, Tier-, Geister-, Menschen- oder Götterwelt) der folgenden Existenz bedingt. Es gibt keinen Gott, der die Welt geschaffen hat. Das wird heute mit Nachdruck von führenden Buddhisten betont, die glauben, sich zum Marxismus (nicht zum Kommunismus!) bekennen zu können, weil auch er keine Weltschöpfung kennt. Es gibt keine Seele, kein Ich. Was der Mensch dafür hält, ist nur ein Scheinleib, eine nur momentane Zusammensetzung aus sich immerfort verändernden Daseinsfaktoren. Das Dasein in seiner Scheinbarkeit erkennen, die Ursache allen Leidens, den Hang zum Leben, vernichten, ist der Weg, der zum Heil führt. Wer ihn betritt, muß das Leben als Werden und Vergehen und darum als Leiden erkannt haben und sich entsprechend verhalten. Dann kann er über die vier Stufen der Versenkung das Nirvana, d.h. den Heilszustand, erlangen, in dem das Leben erlischt, wie eine Flamme ohne Brennstoff erlischt, und ihm Befreiung vom Zwang der Wiedergeburt zuteil wird. Er kann das schon bei Lebzeiten erreichen wie der Buddha; wenn sich im Tod sein Scheinleib auflöst, erlangt er das »vollkommene Nirvana«.

Es gibt keinen Weg religiösen Lebens, der unter Entfaltung höchster metaphysischer Erkenntnisse und tiefer sittlicher Wahrheiten so vollkommen dem Menschen die Möglichkeit bietet, sein Heil aus eigener Kraft zu bewirken, wie der Weg des älteren Buddhismus. Daß es auf ihm nicht an Ahnungen fehlt, er sei doch nicht der vollkommene Weg zum Heil, daß auf ihm die Erwartung nach einem künftigen Buddha ausschaut und so die Lehre des geschichtlichen Buddha zu etwas Vorläufigem wird, sei nur angedeutet. Es bleibt bestehen, daß die Lehre des Buddha ein Höchstmaß an Menschengedanken über die Erlösung enthält. Und wo immer Menschen nach solcher Heilslehre trachten, findet der Buddhismus auch außerhalb der buddhistischen Welt Anhänger. Auch in Deutschland – in den vielfältigsten Kreisen und Abwandlungen bis hin zur Anthroposophie. Nur geht es bei ihnen im allgemeinen darum, sich auf buddhistische Weise über das Heil Gedanken zu machen, anstatt sich in der Selbstpreisgabe auf den Heilsweg zu begeben, die auch in der buddhistischen Welt nur wenigen Auserwählten zum Nirvana verholfen hat.

Der Buddha-Lehre steht das Evangelium entgegen, daß Gott die Welt geschaffen und durch Christus erlöst hat, und daß die Erlösung keiner noch so frommen Selbstzucht, sondern denen allein durch Gottes Gnade geschenkt wird, die im Gehorsam gegen Christus ihre Existenz von Grund auf erneuern lassen. Es geht hier nicht um Erlösungsgedanken, sondern um Erlösungswirklichkeit, die in Christus als Lebenswirklichkeit in unser Dasein eingetreten ist, und damit um die Entscheidung für etwas radikal Neues. »Wir wissen, daß wir aus dem Tod zum Leben gekommen sind«, schreibt Johannes. Es geht hier nicht um eine unter anderen Religionen, die alle vom Menschen hin zu einem Ewigen streben, sondern darum, daß Gott über mich entscheidet und mich mit meinem ganzen, auch religiösen Tun und Denken in Frage stellt. Vor diesem heiligen Gott der Bibel bricht auch die Heilslehre des Buddhismus in Nichts zusammen.

Das hat Adoniram Judson erfahren, der nach Burma gekommen war, den Buddhisten die Botschaft vom Kreuz zu verkünden. Er hat es unter Schmerzen erfahren. Auch Christen, auch Botschafter Christi sind nicht vor der Versuchung bewahrt, sich der Unentrinnbarkeit des heiligen Gottes zu entziehen und Türen aufzustoßen, die allein Christus aufstoßen kann. In der von Religion durchtränkten Welt Burmas mußte auch Judson durch Erlebnisse wie bei der Auswahl der Pfosten für den Bau seines Hauses, bei dem Aufhängen eines Geisterhäuschens in seinem Hause und viel entscheidender noch in der Versuchung, sich seinem Leid auf buddhistische Weise durch Flucht aus der Welt zu entziehen, es lernen, daß er nicht gekommen war, eine neue Religion zu lehren, sondern den Weg des Gehorsams zu verkünden, der hinführt zu dem, was am Christentum »jenseitig« ist.

Er hat es im Leiden für seinen Herrn gelernt. Als er starb, trugen 163 Missionare und burmesische Helfer weiter, was er bezeugt hatte, und 7000 Christen konnte er – wie einst Paulus die Glieder seiner Gemeinden – seine Kinder nennen. Im Gemeindehaus der Baptisten zu Malden (Massachusetts) verkündet eine Marmortafel:

Rev. Adoniram Judson
Born August 9, 1788
Died April 12, 1850
Malden, his birthplace
The ocean, his sepulchre
Converted Burmans, and
The Burman Bible, his monument
His record is on high.

Prof. D. Gerhard Rosenkranz

**Ypsilon** ONCKEN JUGENDTASCHENBÜCHER

4 **Der Abenteurer Gottes,** v. P. Thompson
5 **Martin Luther King,** v. G. J. Bos
7 **Janita und der goldene Ring,** v. M. Donahue
8 **Jemand braucht dich, Carolin,** v. M. Donahue
9 **Da muß doch was zu machen sein,** v. A. Romijn
11 **Die Reise ins Abenteuer,** v. H. Horie
12 **Jenny entscheidet sich,** v. C. G. Page
13 **. . . aber Freitag hält zu mir,** v. C. H. Blatchford
14 **Stärker als tausend Wasserbüffel,** v. H. Horie
17 **Denn Götter weinen nicht,** v. H. Horie
18 **Wer? Was? Wo?** v. R. Passanah
19 **Jessica,** v. M. Donahue
20 **Geheimzeichen »Fisch«,** v. G. Tarsouli
21 **Als Sarah und ich sechzehn waren,** v. A. Richardson
22 **Es war ein langer Weg nach Haus,** v. Stoll/Brandt
23 **Der geheime Raum,** v. H. Horie
24 **Was soll aus Tina werden?** v. B. Smith
25 **Kleines Lexikon zur Bibel**
26 **Dreimal darfst du raten, Bd. 2,** v. B. Riedel
27 **Heute, morgen, jeden Tag,** v. R. Tigchelaar
28 **Bis bald, Bongo,** v. N. Lutz
29 **Cassy und das Haus am Meer,** v. M. Donahue
30 **Nordstern und Großer Bär,** v. M. Guenn
31 **Vögel am Nil,** v. E. Rechlin
32 **Ein deutscher Junge weint nicht,** v. R. Kerstan
33 **Wir waren damals auch nicht besser,** v. A. Richardson
34 **Laß dich nicht betrügen,** v. W. Heiner
35 **Das Geheimnis des goldenen Leuchters,** v. M. Maddox
36 **In den Händen der Menschenfresser,** v. K. Salecker
37 **Jerrys heißer Sommer,** v. C. Massey
38 **Schon gehört?** Fragen und Antworten
39 **Gerechtigkeit für Joab,** v. P. Hoffmann
40 **Die Goldene Nadel über Rangun,** v. H. Lorch

Diese Reihe wird fortgesetzt.